苏曼殊

诗全注全解

邵盈午 著

北方文藝出版社

图书在版编目（CIP）数据

苏曼殊诗全注全解 / 邵盈午著 . -- 哈尔滨 : 北方文艺出版社 , 2019.4（2021.3 重印）

ISBN 978-7-5317-4102-2

Ⅰ . ①苏… Ⅱ . ①邵… Ⅲ . ①诗集 – 中国 – 现代
Ⅳ . ① I226

中国版本图书馆 CIP 数据核字（2017）第 291625 号

苏曼殊诗全注全解
Sumanshu Shi Quanzhu Quanjie

作　者 / 邵盈午

责任编辑 / 宋玉成　刘想想　　封面设计 / 费文亮

出版发行 / 北方文艺出版社　　邮　编 / 150008
发行电话 /（0451）86825533　　经　销 / 新华书店
地　址 / 哈尔滨市南岗区宣庆小区 1 号楼　　网　址 / www.bfwy.com

印　刷 / 三河市南阳印刷有限公司　　开　本 / 880mm × 1230mm　1/32
字　数 / 100 千　　印　张 / 10
版　次 / 2019 年 4 月第 1 版　　印　次 / 2021 年 3 月第 2 次印刷

书　号 / ISBN 978-7-5317-4102-2　　定　价 / 45.00 元

苏曼殊早年僧装像

苏曼殊西装像：眉宇间略呈忧郁，仍不失风流倜傥，无怪乎会成为五四青年男女倾心的偶像

苏曼殊与河合仙姐妹合影：曼殊左边者为养母河合仙，右为生母河合若。一望可知，在相貌上，曼殊与河合若颇为相像。在这张颇有沧桑感的照片上，透发出一种岁月拂拭不去的凄怆

1902年，曼殊留学日本期间，在东京青年会成立时与青年会会员摄影（后立者左起第五人为曼殊，前蹲者左起第四人为陈独秀）。从照片上那一张张坚毅的面容足可看出，这是一群志洁行芳的热血青年，其脉搏的跳动无不与时代的节拍丝丝入扣

曼殊于1910年摄于南洋泗水埠，时在爪哇任中华会馆英文教习。曼殊当时不过20多岁，但从照片上看，俨然已是个饱经沧桑的老者了

曼殊与南社社友合影：曼殊的友人，若胪而列之，足可构成一幅民国以来文人名士的缩影图；仅从这张照片上，已可略见端倪。后排左起：曼殊、叶楚伧、费公直、柳亚子、朱少屏；前排左起：梁龙、田梓琴、景耀月、吕志伊。此合影大约摄于1913年的上海

曼殊大殓遗影：特殊的自戕方式和“僧衣丧我”的遗嘱，使曼殊的“死”变得深奥。但不论其本意如何，曼殊的“死”在具体的时空内都不可避免地成为一个象征。距其逝世后数年掀起的“曼殊热”就是明证

曼殊绘《太平天国翼王夜啸图》：19C7年所绘。是时苏曼殊居于日本东京，借西湖孤山如画的景色抒发其忧国之思。图左有章太炎先生的题跋，云：“‘力拔山兮气盖世，时不利兮骓不逝。’‘蜀道之难难于上青天，使人听此凋朱颜。’”是图发表于《天乂报》（1907年6月25日）

曼殊绘女子发髻百图。爱情对曼殊来说，不啻是一场意志的战争。眼前的一切，想必是他从爱情的氍毹上退出后所干的营生

我本将心比明月，谁知明月照沟渠

——走进苏曼殊

一

苏曼殊（1884—1918）去世后，刘复（半农）曾作白话诗悼曰：“只此一个和尚，千百人看了，化作千百个样子。”这与鲁迅所谓“看作品因读者而不同，看人生因作者而不同”同一机杼，所强调的无非是个体生命的“差异”；而作为毫不做作、纯任自然的非僧非俗、亦僧亦俗的“这一个”，曼殊的确“迥异时流”。如果我们将曼殊视为一种生命符号，其价值核心无疑集中于诗歌、小说还有他的翻译；作为艺术文本，其所辐射出的光华，往往超逾作家本人的预设。以故，曼殊作为物理意义上的生命消失以后，其文学生命却在后世读者的叹赏中延续下来，那装帧、版本各异的种种曼殊作品结集，永远是黑体字，而一代又一代读者的头发却由黑变白，随风飘舞。

二

破钵，袈裟；断鸿，残月；几杵疏钟，两行清泪，一枕秋霜……流贯在曼殊艺术文本中的这类生命意象，与其迷离惝恍的传奇人生叠合为一，构成了一座幽暗昏惑的精神迷宫，给后人留下了一串串破译不尽的生命问号。

以曼殊过人的聪慧和才情，为什么艺术之神竟安慰不了他？为什么在35岁的壮年就结束了难以为续的人生？这个难以解释的问题本身就隐藏着人生之谜和历史文化之谜。我总觉得，曼殊的内心世界是一个巨大的海洋，其中隐秘、幽暗的部分，是哲学所不能照亮的。他本人尝自慨道："春雨楼头尺八箫，何时归看浙江潮。芒鞋破钵无人识，踏过樱花第几桥？"读罢不禁令人心生喟叹——"无人识"，这正是所有天才的宿命。在天才未毁灭前，有谁真正走进过他的内心生活？有谁拦截过悲剧的车辇哪怕仅仅是减缓它的速度？

三

曼殊之于西湖，自有一种拂拭不去的天然情结；尤其是映于三潭的那轮明月，对他始终是一种无从抵御的诱惑。每次息影西湖，他总会穿着木屐，披着袈裟，沐着月光，在悄无人声的苏堤上踽踽而行。

明月洒下银色的宁静。群山饱览了落日的余晖后，又显现出神秘的阴影。除了梦游的东西外，一切都在夜的臂弯里熟睡，一切都在默默地接受着光的洗礼。只是在湖面上，偶尔漾动起一闪一闪的白光，像梦的眼睛在眨动。

曼殊一向耽迷于这种诗境，这种走在地上如同走在天上的感觉，这种什么都可以去想，什么都可以不想的“自由”境界。

夜，太静了！

他像一根针似的穿过了月光。

四

水墨图中著一水墨诗人，那飘然走过小桥的吟影固然可人，可谁知在这月华如水的清宵，诗人的心底又翻涌出多少不能朗照的往事。

五

曼殊无疑是一个基因有异的问题儿童，他曾一再慨叹自己的身世“有难言之恫”。

这种“恫”首先来自他那“中日私生混血儿”的特殊身份。

其父苏杰生，广东香山人。18岁即赴日经商，初营苏杭疋头，后被横滨一家英商万隆茶行聘为买办。由于经营有方，家道殷富，40岁时，他已娶三房妻妾，正室黄氏，大陈氏、小陈氏分别为妾，均无子。为继承宗祧，苏杰生又在日本就地娶了虽新寡素缟但温良姣美的河合仙为妾。河合仙有一妹妹，名叫若子，乃一待字闺中的清纯少女，她的妩媚与靓丽，宛如一枝红荷，天天灼灼地动人。自打苏杰生第一次与她的目光碰到一起，视线便再也无法从她身上移开。不久，他便勾引若子，致使其失身怀孕，生下曼殊。苏杰生因怕此事败露，故将襁褓中的曼殊，转托河合仙抚养。以故，曼殊生下来未足三月，若子便被迫给孩子断奶，强撑着虚弱之躯，遄归乡里。而这，对于天机灵透的曼殊来说，不啻种下了悲剧的种芽，因为从此以后，他一直近乎神经质般地执拗追究着来到这世界的第一刻，或者说，他情愿用尽一生去勘破有关身世问题的种种本相。

六

"恫"还来自幼年饱受虐待的"惨酷"遭遇。

曼殊 5 岁那年，由于黄氏、大陈氏仍连年生女，未得男孩，封建宗法思想严重的苏杰生遂打破种种顾虑，公开承认了他的家籍，将其由外祖父所起的日本名字"宗之助"改为"亚戬"，并将其带回广东老家。未料甫抵家门，曼殊幼小的心灵便朦胧地感到周围弥漫着一种被拒斥的冷漠气氛，好像苏家的人，一个个都忽然间收起了他原先见惯了的笑容，另换上一副冷冰冰的面孔，致使他不由地竟对闪动在他面前的慈爱笑容也发生怀疑。在那样一个一父数母、各爱其女的家庭里，除祖父母对他加以呵护外，其余家庭成员（嫡母、庶母甚至父亲）与他都很隔膜，尤其是大陈氏，蛮横凶悍，心地阴毒，动辄对他进行斥责甚至殴打——那是一个巴掌下去，五个手印立即绽开的殴打。

七

在故乡这梦魇般的童年生活，虽仅6年，但对缺乏温情爱抚的曼殊来说，却不啻是漫长的苦刑。长期寄人篱下，甚至被家乡族人视为“异类”、饱受虐待的“惨酷”遭遇，使得曼殊在幼小的心底油然萌生出一种强烈的被遗弃感，这大大促发了他抑郁人格的形成。尤其是，他在12岁那年，身患大病，家中诸婶辈皆不延医救治，竟欲将其弃置柴房待毙，这无疑会在曼殊童年的心灵上笼上挥之不去的阴影。

从心理学的角度看，一个人的幼年经验是相当重要的，这种经验常常在不知不觉中形成，因而也就在不知不觉之中对人的一生产生重要影响。甚至可以说，一个人可塑性最大的幼年时期，却基本上是被社会、家庭的影响所决定的；易言之，他们往往是直接受外界影响而不必通过其内心做中介——一种畸形的家庭形态，是抑郁人格形成的温床，而被遗弃感则是抑郁人格的内核，其情感根源是因无力招人喜爱而滋生的怯懦、自卑和缺乏自信——而这，正是童年曼殊的心态特征。对于曼殊来说，母亲的存在，意味着那用肩头挡住的世界不再惊扰他；而离开母亲羽翼的庇护，他会觉得整个世界都离他而去。

一天，一位行路的相士见到双目炯炯的曼殊，惊叹道：“是儿高抗，当逃禅，否则，非寿征也。”这是否可视为曼殊的第一次“佛缘”？就在此后不久，新会慧龙寺的赞初大师适巧化缘至此，失去“家”的温馨的曼殊遂绝意出家，于广州的六榕寺（亦名长寿寺）祝发为僧——这是否意味着他接受了那位行路相士的某种隐秘的暗示呢？

曼殊幼年出家，虽不免带有一些负气的成分，但他的这一“最初选择”，不正有力地折射出人生的残酷以及他对那种异己的生存环境的悲愤抗议吗？

八

“易水萧萧人去也，一天明月白如霜”，这是曼殊生莲的妙笔下少有的壮语，何其骁悍高迈、踔励豪纵，读之令人神往。

从表面看来，无论是体魄还是气质，曼殊似乎都缺乏结结实实的“肌肉感”，但他那羸弱的身躯里却不时透发出擎枪杀逆的抗争雄气。

早在1902年冬，曼殊在日本留学期间，便毅然加入陈独秀领导的“以民族主义为宗旨，以破坏主义为目的”的“青年会”；其后，又先后加入“拒俄义勇队”“军国民教育会”“亚洲和亲会”等革命组织，并矢志改习陆军，以期实行。他把苦闷抛在一边，把孤独遗向过去，肩着苦难，沐着血腥，义无反顾地投入民族解放的前沿。

在那样一个崇尚暴力与血火的动荡时代，需要一大批以激情、勇气、冲动、彪悍和“酒神”精神为生命特征的勇士。在时代精神的激荡下，曼殊从不吝惜热血，甘冒白刃以行之。一次，当他听到保皇党康有为吞没华侨捐款，致使唐才常领导的武汉自立军起义失利的消息后，竟欲向陈少白借手枪对其进行行刺，仅此一端，足证其履险犯难、拔剑而起的豪侠之风。

“易水萧萧人去也”，身披“白如霜”的“一天明月”的曼殊，此时笔下的月亮，已不复有一丝凄清与迷茫。

九

曼殊在南社同人中享有“革命和尚”的盛誉，固无异辞；曼殊的“护教论”与“新教论”，在中国近代佛教衰颓的现状下，则因其开启了“中国佛教近代革新运动的先声”，奠定了中国近代佛教振兴的思想基础，而被誉为“中国的马丁·路德”。但在参与革命与“护教”“新教”的同时，那位暴饮暴食、滥吃花酒、自渎自戕者，也确非另一个苏曼殊。这一点，往往使论者感到困惑。其实，无论是历史本身，还是历史建构中的人，皆不必强求“整一”“秩序”；表面上的失序、矛盾甚至悖谬，反倒更接近历史的本相。“凭栏一片风云气，甘作神州袖手人”，曼殊际值季世，白云苍狗，劫运重重，他的或“入”或“出”，亦“僧”亦“俗”，正说明曼殊作为“这一个”，并非是历史教科书里被定格为按照历史决定论的“模具”所浇铸的预定人格模型，亦非被动地为外部力量所支配、不具有丝毫的主动性，只是随时代潮汐而沉浮的傀儡，而是杂糅了复杂的历史与文化信息的存在主体。而以往那种过分强调历史的人为结构与意义的做法，固然满足了人们阐释历史的认知需要，却与历史的本真相去甚远。

十

事实表明，革命并未能使曼殊找到最终的精神归宿，甚至也未使他走出阴森的“心狱”。因此，他必须找到另外一种换气方式，方能存活下去。为此，曼殊曾尽脱僧侣的矜持，走进一片属于恋人的领地——

年华风柳共飘萧，酒醒天涯问六朝。

猛忆玉人明月下，悄无人处学吹箫。

但“明月”下的诗性想象毕竟不能代替实实在在的切肤感受。爱情，对曼殊来说，不啻是一场意志的战争。“多情”与“无情”，构成了恋爱中的曼殊依违于“出”与“入”的二重心律；要之，“凡心”驱使他忘情地啜饮着爱情的醇醪，可“禅心”却使他极力规避着爱情的归宿。为了彻底摆脱这种“分明化石心难定”的窘境，曼殊竟匪夷所思地发表了一个“东方柏拉图式”的性爱宣言，将男女的情爱喻为“灵魂之空气”，复将性欲喻为登山，“及峰为极，越峰则降矣”，并将爱欲严格地限制在“吾等互爱而不及乱”的理性界限中。尽管如此，曼殊仍未能走出自制的困境之中。尤其是，当恋火愈炽时，“袈裟点点疑樱瓣，半是脂痕半泪痕”的痛楚愈是令他不堪为怀。应当指出，由于“身世之恫”，在曼殊身上，那种变异了的“俄狄浦斯情结”愈加强烈。以故，他将女性奉若神明，日夕观赏，却从不破其禅定。在日本期间，他一度对女性的发髻大为沉迷，曾临街写生，广事搜罗，想必这是他从爱情的氍毹上退出后所干的营生。他所画的女子发髻，不禁令人想起了善画羊毛的德国画家鲁斯——在不胜工细的无数线条中，享受着陶醉于珠光钗影之中的纯真幸福。

可每当曼殊意识到自己陷入“四山风雨总缠绵”的恋情时，总要抽身而去——

乌舍凌波肌似雪，亲持红叶索题诗。
还卿一钵无情泪，恨不相逢未剃时！

对于曼殊而言，那一次次看似薄幸、轻佻甚至残忍的“归去”，不仅保全了他的纯情与禅修，也使他拥有那份天马行空无所羁绊的“自由”的孤独——当然，这一切都是要以“美人”凄丽的回忆和悲哀的泪水为代价的——

兰蕙芬芳总负伊，并肩携手纳凉时。
旧厢风月重相忆，十指纤纤擘荔枝。

天上的那轮古今同慨的明月，此时竟化为曼殊向“美人”投去的求恕目光。

十一

曼殊的“归去”，其实并非由于天性的冷漠，相反，恰恰是因为他对某种东西过分痴心，而又出于一种隐秘的情结必须忍痛割舍。作为“大有情人”，曼殊总会情不自禁地为异性罩上一层层圣洁的光辉——他无时不渴望在情人的眼睛里，度过每一个宁静的黄昏。可这一切，只存在于他那纯属个人的隐秘意念中，一回到现实世界，则只能听命于自身以外的其他因素。换句话说，他的皈依空门,并非是对生活的淡漠,而是对过多情热的有意抑止，这就使他常常陷于“我执”与“破我执”的自我冲突中，始终摆脱不了这种张力的撕扯。为此，他疲乏之至，痛苦已极……

那么，究竟是谁剥夺了曼殊作为一个正常人的生活权利？皮相地看，是残酷的社会，可与曼殊有着大致相同遭遇的青年人，大多并未做出与曼殊相似的选择。那么，是曼殊自己的主动选择吗？好像不错，可他本人倒更情愿过另一种生活，更情愿陶醉在爱情的醇醪中，获得一种甜蜜的兴奋与宁谧，一种充实的幸福与永恒的归宿。从这个意义上说，曼殊真可谓是一个无处栖止的心理难民。

十二

曼殊的“难堪”还表现为文化选择上的两难。由于出生在国外，曼殊并未受到充分的中国文化教育，这倒使他对中国文化的精粹怀有更加强烈的渴慕之情。但历史并未为曼殊提供一个在绿荫沉沉的书斋里茗味传统文化精微的机缘。随着西方文化的涌入，曼殊又热诚地接受西方文明，二者在曼殊的头脑中左冲右突，此碰彼撞，搞得他心神不安，进退失据。他的皈依莲座，未尝不是淡化在中西文化冲突中徘徊的痛苦的一种方式。这种精神归向，既反映出历史转折的急遽和时代先行者必然遭受的痛苦，也昭示出一个“近代人”走向“世界人”行列的艰难。

十三

曼殊尝谓：“男人自有冲天志，不向他人行处行。”迹其一生，他实际上是一个非常讲究“行为艺术”的人。在他身上，还有一个令时俗骇异的特点，那就是不蹈故常，径行独往；他并不完全唯理智之命是从，他只听从其内心的呼唤。

意志，是热情的骄子，它最关心抽象的、主观精神化的“胜利”，而对肉体本身的承受能力则不屑一顾。在意志的驱策下，年甫21岁的曼殊竟支撑着他那病骨支离的孱弱之躯，决定效法玄奘、法显，徒步去印度朝圣，开始了他生命史上的第一次远征。

万里投荒，生死以之。此一惊人之举，使曼殊赢得了“白马传经第二人”的盛誉！

俗世的牵累已使曼殊疲惫不堪。他觉得人生应该有一种品格，一种天马行空的无所羁勒，而世人大多是在常态的、死水般的生活中活着，这是一种沉沦。纯粹的、没有任何激动、冒险和期待的沉沦本身就是活着的死亡。在这种“死亡”面前，任何语言都会褪色，都会失去迷人的色彩。因此，当他抬头仰望那呈现着阔大的蔚蓝的天空，灵魂便会欢悦而游，那飘荡着无以穷极的浩渺和神秘，自会令他生出久久的痴迷。

他怀着朦胧的期待和莫名的激动“行走”着，觉得这酷似鸟类横绝太空的飞翔和鱼类潜行海底的游弋，他就是要用这种超越平淡、打破常规的方式寻求生命本身的诗意，淘洗在尘世埋藏已久的心灵，并借以摆脱一种致命的窒息感，一种不能用其他方式加以驱逐的悲哀与绝望。——而那些凡庸之辈绝难领受的、蕴涵在生活中的偶然性、可能性和奇妙性，正在向他展开。

十四

在坚韧的行进中，曼殊体味着一种悲壮和快感。对他来说，此次以朝圣为目的的远行本身，便是信仰的延伸与展现。既然是一步一血印的朝圣者，就必须义无反顾地冲破一道道铁灰般沉重的夜幕，迎来一次次不可逆转的黎明。他深知，唯有在死亡的背景下，生命才会呈现出奇迹。

滑过裸岩的冷露洗濯苍凉夜色，吹响石窍的疾风奏出旷古的荒落，而那铅盖一样低垂的穹庐则一如黑幕压顶，驱逐了曼殊的最后一点浪漫。这无疑是一条赴死性的朝圣之路，而曼殊的卓荦处在于他敢于对活着的死亡说“不”，敢于用狂飙和飞泉给灵魂洗澡。唯其如此，他才在“内热”的自燃中成为伟大的行者。

万里投荒，险象环生；艰难、困乏和惊恐，历数不尽，冰冷的汗水一次次从曼殊那紧攥的指缝间渗出。但一种弘扬佛法的献身精神，使他的胸腔始终涌溢着熔岩般的热流。

——当第一缕晨曦穿透厚厚的云层，把梦一般的雾幔揭开，他竟聆听到一种庄严的召唤，轻轻地逸出群峰，向他传来……

——他站在断塔颓垣下，凝眺着血红的夕阳，带着无限的惆怅沉入苍茫的暮霭之中。在这动人心魂的时刻，他不由地想起当年万里跋涉“以临斯土”的法显、玄奘，从而深深感到时间的倏忽和严酷。它那无限量的破坏欲望，使一切都象雷电似的一闪而过：青梗变枯枝，红粉变骷髅，帝国化迷烟，唯有像法显、玄奘等极少数因大超悟大发慈悲，沉酣于大寂寞中的尤物，其肉身虽早已归于泉壤，可昭垂后世的功行却逸出了生命存在的有限时空，成为享祀千秋的圣者。想到此，曼殊的心中涌溢着一种“白马投荒第二人”的自豪和骄傲。他觉得玄奘等人的伟大就在于一个傲视千秋的“行”字，那种独特的取经方式，比取经本身更伟大！

十五

可就在他接近印度，眼看就要功德圆满时，一个偶发的事件，使曼殊改变了整个西行的计划。

在菩提寺附近，住着一个华裔姑娘，名叫佩珊，她辗转打听到西行至此的曼殊，竟天真地以为是法力无边的活佛降世，遂迭番拜见，声泪俱下地讲述了自己异域飘零的悲惨遭际，使同样身处异域、举目无亲的曼殊陡生“同是天涯沦落人，相逢何必曾相识”之感。在日后与佩珊的相处中，曼殊由初始时那种怜香惜玉的悲悯之情，渐渐地产生了一种远远超逾一般同情与怜悯的复杂感情；更可怕的是，他感到自己已很难从这种感情中超拔出来。

怀着这种感情焉能去参拜佛祖？为此，曼殊深深感到沮丧。

很快地，曼殊竟然又做出了一个重大决定：就地返国！

十六

西还以后，曼殊对生命的厌倦与日俱增。年复一年，为了寻求佛法，勘破生命的奥秘，他付出了超常的代价，可生命本身的不可勘破性这一事实，注定了曼殊不能实现寤寐求之的对生命奥秘的洞悉。况且曼殊是“以情求道”，故最终只会对“寻求”本身产生怀疑；他甚至怀疑这种“寻求”背后的先验目的只不过是一个假设，是上帝投掷的一次骰子，可此可彼，它的钢筋骨架其实是建筑在流沙上的，根本无法实实在在地支撑起整个生活。

既然如此，那生命的意义究竟何在呢？他愈益强烈地感到，问题的全部症结就在于荒谬的生命本身，是它，紧紧地揪住人不放，人们躲不开它如同躲不开自己的影子。因此，厌倦与焦虑不是别的，它就牢牢地植根于生命的悖谬之中，在这一点上，理性渺小、轻弱得如同儿戏。他愈来愈服膺于老子所谓“人之大患，在吾有身”的结论——觉得所有的烦恼、忧患、苦难，都是生命本身带来的，要根除这一切，也只能从这里入手，才能真正奏效。于是，他想到了死。

死是可怕的，但生中却有比死更可怕的东西。那个万苦之源的“生”，难道不是更可诅咒的么？

弃绝“生”，这一招固然很灵，可真要弃绝“生”又必须同时割舍许多无法割舍的东西（母爱、友谊、爱情、文学），曼殊再次陷入了生存的两难……

十七

摆脱痛苦的唯一办法或许就是将痛苦审美化，为此——

他曾销形迷恋文学，以那支“以血书者”的生莲妙笔，频频推出锦绣天章。由于创作心态与人生经验的独特性，曼殊的作品一直备受青睐。对于曼殊来说，写作像是座债库，不同的读者都想从中有所获取。这本身也表明，作为作家的曼殊，自有一笔天生不可转让的财富。在视文学为生命的曼殊的笔下，那些用心血培壅的词语、意象，已不仅仅是词语、意象，而是如同种子，从心灵中破土成长。——这恐怕是曼殊作品“撄人心”的内在奥秘。

他曾以画笔鼓吹革命，激励国人。作为丹青巨手，曼殊以其“不从流俗”“自创新宗”的画风，自出机杼，自开生面。他在择取虚灵神韵建构本体的同时，融纳西方、东瀛甚至禅门等艺术的营养，创造出以超逸清空的“般若韵致”为基本风貌与符号特征的视觉文本，享誉近世画坛。他不仅以其清隽萧散、冷逸荒寒的独特画风，不断不断地抒写着“伤心人”的“别有怀抱”，更以一系列以历史题材为特征的绘画作品，与当时文坛上那些以宣扬民族革命斗争的文学作品，作桴鼓之相应。

他曾狂热地崇拜他心目中的偶像——拜伦。在“夜月照雪”的日本，他尝“泛舟中禅寺湖，歌拜伦哀希腊之篇。歌已哭，哭复歌，抗音与湖水相应。舟子惶然，疑其精神病作也。”（飞锡《潮音跋》）这种“崇拜”，首先基于拜伦是“一个热烈的、真诚地为自由而献身的人”“他的整个生命、经历和作品，都是用爱国和自由的理想编织起来的”。其次，都有着大致相同的感情经历

（如拜伦之于希腊女郎，曼殊之于百助眉史），他们在生活上都经常扮演着失去家园的漫游者的角色（拜伦去英国而久居希腊，曼殊去中国而久居日本），饱尝了异域漂流之苦。复次，都是“以血书者”的文学天才，是被不断增殖的探求欲和创造欲所煎熬的殉自我者。在自始至终充满着生与死、爱与恨的大诱惑大挣扎面前，都是通过艺术创造，征服着欲望、恐怖、孤独和自卑，不断地从心理、社会以及生存压抑的诸种困境中获得解脱与升华。最后，他们的性格气质亦颇为相近，如崇尚率真，忌恨虚伪，狷介孤高，忧郁纤敏，卑己自牧，愤世嫉俗——凡诸种种，构成了曼殊对拜伦狂热崇拜的内在心理基础。

基于此，拜伦在曼殊心中，是一个集叱咤风云的大英雄与风情万种的大英雄、大才子，一个蔑视流俗，至死仍将自由的旗帜高擎在手的叛逆者，一个将诗与真、阳光与清风赐给所有在孤独与迷惘中悲吟的文学之王！

一种强烈的共鸣，一种沉醉的欢悦，一种勃勃欲吐的创作欲望，驱策着曼殊成为最早的拜伦诗歌的翻译者。他的译文，至今仍是无人企及的卓异文本。

总之，作为一位光华四射的天才型作家，曼殊将造化赋予自身的生命能量，压缩在短短数年内疯狂挥霍，他被指定进入上帝的快车道，其生命机能因失去控制而时时处在爆炸的临界状态。

十八

可发一概的是，无论是小说、诗歌创作，还是翻译、绘画，都无法使其完成“感性欲望”的升华，从自置的痛苦泥淖中超脱出来。对于曼殊的这种内在的痛苦，时人并未真正解会，所津津乐道的只是他那种依偎于僧俗之间的所谓“风流”“轶事”。其实，曼殊的真正特色并不在于他的亦僧亦俗、风流倜傥，而在于他与那个畸形时代的尖锐冲突，他那种既愤激又颓唐、既勇敢又怯懦、既清醒又麻木、既放纵又拘谨的类分裂人格（这种分裂与他本人意识世界的分裂密切攸关）亦由此产生——这既是对现实的痛苦适应，也是对“自我”的消极维护。

十九

曼殊一生，常常是心绪萧索，情怀抑郁，极少有过“聊发少年狂”的狂喜。可当武昌首义的消息传来后，曼殊想到大汉之天声大振，想到友人都在剑影光中，抵掌而谭，“远适异国，惟有神驰左右”的曼殊顿然产生了平生罕有的雀跃狂喜。其时，曼殊因受陶成章遣派正在爪哇任教，他立即置备酒肴，邀集朋友、学生放怀痛饮，并即兴驰函友人，表示亟欲回国，以尽享“海归”后“壮士横刀看草檄，美人挟瑟请题诗”的礼遇。在书信中，曼殊同时还流露出革命功成，欲与南社诸友“痛饮十日，然后向千山万山之外，听风望月”的意愿，颇有刀枪入库、马放南山之意。好一幅十足的名士派头！

但抱有浓重的浪漫幻想的曼殊一来到光复后的上海，耳目所及，皆“非所愿见之人”“非所愿闻之事”。政黯民怨的现实，不禁令曼殊万绪悲凉。作为诗人，曼殊本来就“哀乐大于人”，由于理想过殷，其幻灭感往往来得也格外沉重。啊，希望究竟是什么？难道只是如漆的黑暗中那不复呜呃的弦歌么？袁世凯的倒行逆施，“宋教仁案”的发生，“二次革命”的艰难，持续不断的动荡、血腥和杀戮，仍化作重重黑影覆压着他。嵩目时艰，诗人的心头实在是有着太多的怅恨、悲慨和愤怒。而曼殊的可贵之处就在于他并未一味地陷入悲哀的泥淖中，在这历史的紧要关头，他再次奋袂而起，勇赴国难。1913 年 7 月 21 日，他以个人名义在《民立报》上发表了攻势凌厉的《释曼殊代十方法侣宣言》，愤怒声讨袁世凯的封建本质和卖国行径——

> ……自民国创造，独夫袁氏作孽作恶，迄今一年。擅操屠刀，杀人如草；幽蓟冤鬼，无帝可诉。诸生平等，杀人者抵；人伐未申，天殛不逭。况辱国失地，蒙边夷亡；四维不张，奸回充斥。上穷碧落，下极黄泉；新造共和，固不知今真安在耶？独夫祸心愈固，天道愈晦；雷霆之威，震震斯发。普国以内，同起伐罪之师。衲等虽托身世外，然宗国兴亡，岂无责耶？今直告尔：甘为元凶，不恤兵连祸极，涂炭生灵；即衲等虽以言善习静为怀，亦将起而褫尔之魂！尔谛听之！

好一篇檄文！血脉贲张，怒气冲霄，宏大、严正、锐利、铿锵，如青铜铠甲般掷地有声。身为僧人，却能懔然于匹夫之责，而置个人生死安危于不顾，洵属可贵！此时，当年那位“易水萧萧”的革命志士的形象，仿佛又矗立于前，我们仿佛又看到了那“白如霜”的“一天明月”！

二十

作为作家，每个人都希望让时间之手亲自打上的戳记永远鲜亮如初。可在时间的魔河前，许多名噪一时的作家都逐渐被消解了。时隔百年，能够被后人作为“这一个”而谈论的，洵属寥寥。

而苏曼殊从事文学创作活动不过10年，享年不过三十有五，却有幸成为这“洵属寥寥”中的一个。——历史的垂青当然缘自其建树的非凡。

悲郁激焕雄才，“周邦命正危”的家国之难竟匪夷所思地在曼殊身上发生了奇异的悖论效应——催生出卓异的生命样态和灵智之果，并在那样一个积弱积弊而又孕化生机的舞台上熠熠生辉，这不能不说是一个奇迹！

二十一

曼殊一生所致力的许多方面，都与一般人的兴趣相去甚远。他所从事的事业，与他独到的眼光、志趣和才能甚相匹配，这一点任何人都无从模仿。集诗人、小说家、翻译家、画家于一身的曼殊，其文本创造的过程无论含有多少天才的因素，都绝非无源之水。其不可或缺的凭借，便是与其创作与翻译实践相辅相成的文化视野——亦即庞大阅读量和在这一广阔深邃世界中的浸淫、考释与参悟。他本人之所以能够在众多领域一展长才，无不是在广阔的中西方文化视野中建构起他个人坚实的文学艺术基座的。

作为天才，曼殊不仅擅“作”，而且还擅“译”，他是20世纪初中西文化交流的创始者之一。他精于英、日、法、梵等数种外文，曾先后在日本印行了《文学因缘》（1907）、《潮音》（1911）。后又纂订《汉英三昧集》（1914），此为《文学因缘》的姊妹篇，所辑皆为英译中国古典名诗，共计71首，另收文章两篇。

曼殊不仅擅译，而且还擅“考”、擅“编”。

由于天分过人，加之寸晷不怠，日夕伏案作春蚕食叶之声，曼殊的创作成果之丰富，洵足惊人，这一点仅从12月《民国》杂志第6号的一则广告中即可一目了然——

《泰西群芳谱》，罗凤、曼殊同纂，每部定价八元。

《埃及古教考》，英国贝得黎博士原著，震旦释曼殊译为汉文，每部定价二元。

《拜伦诗选》，释曼殊纂，每部定价五角。

《粤英辞典》，罗凤、曼殊同纂，每部定价四元。

《汉英三昧集》，释曼殊纂，每部定价壹元。

不唯如此，曼殊还是最早的《汉英大辞典》编纂者，23岁那年，他曾编成一部《梵文典》。1907年8月，曼殊驰函契友刘三，内中提到：“曼春间妄作《梵文典》一部，枚公命速将付梓，后以印人索价太奢（盖日本尚无此种字母，惟欧洲有之，且有英文插入，故难）。现尚束之箧底。”《梵文典》因印制困难，搁置良久，后来原稿亦下落不明。

以上觇述，具徵曼殊眼光、志趣、才能之独到，其创作成就亦确有超逾常人之处。这在“汉土末世昌披，文事弛沦久矣”的20世纪初，可谓罕有其俦。以故，柳无忌将其誉为“中外文化交流的先知先觉”，洵非虚誉。

不唯如此，曼殊在中国文学史上之所以拥有不可替代的地位，还缘于他在诗歌创作上的卓越成就。对此，谢冕教授在《1898：百年忧患》中明睿地指出：苏曼殊“可称之为本世纪中国诗画上一个有力的充满期待的冒号的诗人。而且纵观整个20世纪，用旧体写诗的所有的人其成绩没有一个堪与这位英年早逝的诗人相比。……苏曼殊无疑是中国诗史上最后一位把旧体诗做到极致的诗人，他是古典诗一座最后的山峰”。

一个“最先”，一个“最后”，仅此两点，斯人自足千秋矣！

二十二

“我本将心问明月，谁知明月照沟渠”，这两句出自《封神》第十九回的诗，颇为曼殊所契赏，他曾将此诗第一句中的“托”字易为“问”字，然后托友人黄节刻成闲章一方，以寄深慨。窃以为这两句诗确实颇能自道行藏。从曼殊一生的行迹看，淑世之心綦切，大节荦荦可取，诚如前所述，每当国运阽危之际，他总是懔然于匹夫之责，拔剑而起。可每次抗击之余，曼殊都会深感怅恨与绝望。说来可叹，“兼济天下”的入世激情与“常乐我净”的出世情怀，一冰一炭，居然并置于曼殊的胸中。看来曼殊真的是生不逢时：生早一点，他完全可以做一个翛然出尘的隐士；生晚一点，则会成为一个擎枪杀逆的民主志士。可他偏偏生长在大动荡大汇聚大转折的近代中国！无怪乎曼殊时常悲叹：“浊世昌披，非速引去，有呕血死耳！”从这个意义上说，与其说他辜负了时代，不如说时代辜负了他！

二十三

曼殊的晚年，在某种绝望情绪的支配下，自戕迹象日益明显。但他并不求猝死，而是以毫无节制的痛饮暴食为手段来玩忽生命，调侃死亡。

在日本，“不可吃冰”，已被列为中国留学生的训条之一，可曼殊竟一次饮冰五六斤，躺在床上不能动，别人都以为他已死去，可看看仍然有气。第二天，曼殊仍“饮冰如故”（章太章《曼殊遗画弁言》）。又有一次，曼殊在天蟾舞台看戏，隔座为一艳装盛服备极豪奢的少妇，她吸水烟时，吹灰屑落于曼殊外衣上，他竟坦然置之，任其延烧，人问其故，则以“不拂美人之意”应对。旁观者无不诧为奇事。

朋友们当然不会深解曼殊这一怪诞行为背后的心理意向，有笔共书的只是他那令人骇异的豪于饮雄于食的反常行径——从这些记载来看，曼殊的每一次“吃”，都要赤裸裸地展示着人类兽性的最初本能。据其知友柳亚子回忆：“君工愁善病，顾健饮啖，日食摩尔登糖三袋，谓是茶花女酷嗜之物。余尝以芋头饼二十枚饷之，一夕都尽，明日腹痛弗能起，又嗜吕宋雪茄烟，偶囊中金尽，无所得资，则碎所饰义齿金质者，持以易烟。”（《燕子龛遗诗序》）显然，对于怀有“生何为，死何迟”之恨的曼殊来说，“吃”，早已不是出于生理需要或获得某种心理快感，隐含在“吃”背后的，显然是以极度的厌倦和深刻的无聊为特征的内在心态。再如：一天，曼殊往访易白沙，白沙以中国餐款待，曼殊尽食炒面一碗，虾脍二盘，春卷十枚，糖果之类无数。临行，白沙约道：

“明日还能再过来坐坐么？”曼殊摇了摇头，说道：“不行，吃多了！明日须病，后日亦病。三日后当再来打扰。”而曼殊本人在致友人的信中，说得更干脆：“连日背医生往亲友家大吃年糕，病复大作，每日服药三次，牛乳少许，足下试思之，药岂得如八宝饭之容易入口耶？”“午后试新衣，并赴源顺食生姜炒鸡三大碟，虾仁面一小碗，苹果五个。明日肚子洞泄否，一任天命耳。”

这无疑是一种恣意的放纵，一种狂乱的爆发，一种为曼殊羸弱的肉体所不克承受的、对物欲生活的骇人的歆享。而这种自戕自渎，竟成为曼殊的一种实实在在的需要——这就像一个预知明天将被洗劫一空而肆意挥霍掉所有积蓄的富豪那样，只管尽情享受眼前的快乐。

狂躁、忧烦、愁闷、厌倦、无聊、怠惰、恐惧……无遮掩的色情诱惑，无止境的感官刺激，无节制的痛饮暴食，使生命远离了新鲜感和创造性，仅仅变为一个迅速耗竭的过程；而生活，也因之戛然中止，使一切开始都成为不可能。迷乱与疯狂后，曼殊总是陷入一片瘫软与空虚……无怪乎鲁迅先生对曼殊这种“颓废”生活大不为不满：“黄金白银，随手花尽，道是有钱去喝酒风光，没钱去庙里挂单。”

二十四

曼殊的身体本来就弱如蒲柳，如此漫无节制的痛饮暴食，超负荷的折腾，很快就住进了由法国天主教会创办的上海广慈医院。属于曼殊的时间之焰在此燃尽最后一缕微光。恹恹卧病的曼殊，仍未失之与生俱来的浪漫，仍拟与章太炎联袂作欧洲之游。死亡，无情地没收了他的这一计划。

处在弥留之际的曼殊，曾叮嘱友人要以“僧衣丧我”，接着以微弱到几乎听不见的凄切之声呼唤着远在东岛的老母；最后，他双目微闭，给这个世界留下了八个字的遗言：“一切有情，都无挂碍！”——显然，曼殊临终前的这些生命迹象，皆指向一种平静的解脱——一种源自生命深处的身心解放。

曼殊于1918年逝世后，其灵柩被移送到广肇山庄浮厝，直到1924年6月，南社社友们才筹足葬费，由陈去病负责将灵柩移葬在曼殊生前十分喜爱的地方——西湖孤山西冷桥北堍。

天才的陨灭，从来都是大绝唱、大完成、大话题。作为一个退出时间的人，其生前的恐惧与期待、迷惘与追求、绝望与挣扎，天才的孤愤和沉郁，人生的凄苦和悲壮，连同那雨丝般的梦幻、流云般的奇思，都在此归于永寂。以故，天才的墓茔遂成为接纳凭吊之所。来到这里的人们，脚步是那样地轻，意念是那样地诚，他们以生命的名义默默地献上一份虔敬、一缕心香……

如今，位于孤山之阴的苏曼殊原墓庐，早已被毁，那坍塌的碑铭，亦不知流落何处？然而，诗人用生命铸造的文本仍屹立在那里，生动如初，丝毫不染岁月的尘埃——相对于有形的墓碑，这些历劫犹存、精光四溢的文字，才是活在人们心中的不倒碑铭。

二十五

作为中国近代史上“不可无一，不可有二”的旷世奇才，曼殊可谓集多重身份于一体,不吝热血的爱国之士、托身空门的僧侣、难绝世情的天生情种、天才卓荦的风流才子，中西文化交流的先知先觉、中国佛教改革的马丁·路德，激进与消沉、虚静与狂放、出世与入世、禅情与浪漫，匪夷所思地迭化出曼殊的传奇人生。鸟瞰他的诗国，或芒寒色正一如天外七星，或殊绕馨逸一如空谷幽兰，但更多的却是忏尽情禅，艳骨难收。至于他不为物役的洒落风神，解衣推食的仁厚天性，相与无畦町、相与如婴儿的率真和纯正，绝不媚俗趋时的强项风骨，则是每一个与曼殊有过直接亲炙的人都有笔共书的。

反观在商业因子无孔不入和互联网高度发达的今天，人几乎成为非中心化的虚假主体。随着那个时代的云烟飘散，那种令人追慕不已的“非矫厉所得”的“民国范”已渺不可寻。风流消歇，精爽难寻；象床不语，宝帐萧萧。侧身于后现代的语境下，人们普遍地深感某种光明、坦荡襟怀的缺失，一种飘逸、浪漫精神的流逝，某种自由、率真风度的消隐，某种空灵、潇洒神韵的湮没，某种诗性智慧的凋枯以及某种至真至善、至美至纯的心性的斫丧，并禁不住发出一声声不胜仰怀的慨叹。

而这一声声慨叹，恰好表明某种隐含在时间背影深处的东西并未形迹俱泯，光沉响绝。诚如严复所言：“物之存亡，系其精气，咸所自己，莫或致之。方其亡也，虽务存而犹亡；及其存也，若几亡而仍存。”纵流光如逝，时浪推排，曼殊那足以渗出血泪的、被千重幽恨万种厄难所捆扎并穿透生命所昭示给后人的精神意义，犹彰然而未失，潜行而不绝，至少存活在当下人们对负荷着人生的大苦闷大悲哀大寂寞的“弱的天才”的仰怀与追慕之中。穿越时空的藩篱，曼殊仍源源不断地给我们提供着使高贵激情内燃的柴薪。

二十六

曼殊本人生前一再嗟叹遭逢不偶、无人解会，可他的诗，却超逾了“凡”与“禅”，甚至超逾了文本所展示的特定时空，而透出“一脉清新的近代味”。这不仅使曼殊成为清末民初独耀文坛的一朵奇葩，而且是“中国诗史上最后一位把旧体诗做到极致的诗人”“是古典诗一座最后的山峰”。更令曼殊逆料不到的是，在其身后，由柳亚子、柳无忌父子所编纂的《曼殊全集》（1928—1929，北新书局版）发行量竟达数万之巨，在新文学初期的狂飙时代，掀起了一阵阵“曼殊热”。这种“曼殊热”不仅限于国内，而且发展到国外。日本的一些作家如佐藤春夫、池田孝、增田涉、米泽秀夫等曾先后对其进行研究，并翻译了他的作品。20 世纪 30 年代，在东京日本桥地区的三越百货公司曾举办文艺家追慕展览会，专门展出了曼殊的诗、绘画、书籍和墨迹以及他的袈裟。英国汉学家亨利·麦克阿里弗则是将苏曼殊介绍给西方读者的第一人。此外，翁聆雨和罗郁在对曼殊进行深入研究的基础上，高度评价曼殊是“清代最后一个大诗人”，他所做的工作，除严复、林纾外，“应该获得第三个大翻译家的地位”。

迨至 20 世纪 80 年代后，“曼殊热”再度兴起，这不仅表现为研究人数的增加，更表现在研究深度的不断拓展。目前，曼殊已然“走向世界”，各种研究他的文章，已呈扇形地铺展开来。

从这个意义上说，死亡对于曼殊来说，丝毫都不具有终结的意味。

二十七

曼殊究竟是个什么样的人，他究竟留下来什么样的生命话语，以致在时隔近百年之后，仍引发这个世界关于他的如此持久的缅想与景慕？在本文收笔之时，我的心头仍不时地闪现出这样的自问。

对此，也许只有尼采的那句名言可以诠释这一切——

“我爱这样的人：他创造了比自己更伟大的东西，并因此而毁灭！”

邵盈午　2012年元月初稿

2016年5月修订于古彭搴兰簃

目录

以诗并画留别汤国顿

（一）

蹈海鲁连不帝秦，[1] 茫茫烟水著浮身[2]。

国民孤愤[3]英雄泪，洒上鲛绡赠故人。[4]

题解

此诗初刊于1903年10月7日《国民日日报》的附章《黑暗世界》，署名苏非非。为曼殊现存的最早作品，是年作者20岁，就读于日本成城学校（陆军的预备学校）。是年4月，沙皇俄国向清政府提出长期控制东北的七项无理要求，激于爱国义愤，曼殊毅然加入留日学生的革命组织“拒俄义勇队”，为救亡奔走呼号。但他的这一爱国行动却招致表哥林紫垣的反对，断绝经济供给，迫令他辍学回故里。无奈之下，曼殊遂于9月初乘博爱丸返国。于舟中作伪遗书寄林紫垣，言已蹈海自杀。船抵上海，曼殊登岸赴苏州吴中公学任教。据当年跟他一起共事的包天笑回忆："曼殊从日本渡海而来，即到苏州，神清貌癯，穿一破旧之布衲，我等延之在吴中公学教书，时居喜作画，为我画一《儿童扑满图》。尔时在清季，我辈正竞谈革命，扑满者，隐为扑灭清朝之意。"（参看文芷《曼殊上人诗册》，见商务印书馆香港分馆所辑《艺林丛录》第五编。）在苏州稍作逗留，曼殊旋又转至上海《国民日日报》社任翻译。这组诗是他临离开苏州时连同一幅画一并送给汤国顿的。当时包天笑亦有两首《送别苏子谷》诗，分别为："剑不光芒酒不温，沉沉歌哭叩天阍，死生流转终相值，风雪来招武士魂。""激浪怒涛翻海水，腥风羶雨扑胡尘。低徊我自无言说，珍重前途为国民。"

汤国顿名睿，广东人，康有为弟子，曼殊在吴中公学时的同事兼好友。辛亥革命后曾任中国银行总裁，1916年在反对袁世凯称帝的运动中，代表已独立的广西军阀陆荣廷同广州拥袁军阀龙济光谈判，在4月12日的珠海会议上，被刺杀。一说汤国顿是曼殊在大同学校的老师；此诗为他离开东京时并画留赠给他的。不过，从诗题看（直称汤氏其名），老师之说未必允当。若从内容上考量，将此诗断为离日时赠友之作似更切合。

注释

［1］蹈海鲁连不帝秦——典出《史记·鲁仲连邹阳列传》：公元前258年，齐高士鲁仲连去赵国游历，适逢秦兵包围赵国的都城邯郸，魏安赞王派使者辛垣衍劝说赵孝成王尊秦为帝。鲁仲连往见辛垣衍，申明利害，极力劝阻，并说："则连有蹈东海而死耳，吾不忍为之民也。"鲁连即鲁仲连。秦，这里比喻帝国主义列强。按：曼殊当时毅然加入陈独秀领导的"以民族主义为宗旨，以破坏主义为目的"的"青年会"。自此进入了思想转变的关键时期。他把苦闷抛在一边，把孤独遗向过去，肩着苦难，沐着血腥，义无反顾地投入民族解放的前沿。故此处"不帝秦"的"鲁连"，实乃诗人之自况。

［2］浮身——指自身四海飘零，行踪无定。

［3］国民孤愤——指人民群众对帝国主义和清朝政府的愤慨。孤愤：耿直孤行，愤世嫉俗。《韩非子》有《孤愤》篇。《史记·老子韩非列传》索隐："孤愤，愤孤直不容于时也。"

［4］鲛绡——一种鲛人所织的不透水的龙纱。典出《吴都赋》，李善注：南海中有鲛人，水居如鱼，善于纺织，曾出水寄寓人家卖绡。临去时，向主人索一盘子，泣泪变珠盈盘，以赠主人。这里指挥泪作画。又据《述异记》卷上载："南海出鲛绡纱，泉室（鲛人）潜织，一名龙纱，其价百余金，以为服，入水不濡。"这里指所赠画幅的绢本。——以上两句意谓：自己将饱蘸着对帝国主义和清政府愤恨的泪血，倾注到画幅上，以此赠予老友汤国顿。

（二）

海天龙战血玄黄，[1]披发长歌览大荒。[2]

易水萧萧人去也，[3]一天明月白如霜。[4]

注释

［1］海天——此处形容战争规模大，范围广。龙战血玄黄——比喻战争激烈，尸横遍野，血流成河。语出《易经·乾卦上六爻辞》："龙战于野，其血玄黄。"龙战，旧时称群雄并峙，互相争夺。玄黄：《易经·坤卦·文言》："夫玄黄者，天地之杂也，天玄而地黄。"此指凝血的颜色。——此句借指帝国主义侵略给中华民族造成的深重灾难。

［2］披发长歌览大荒——语本苏轼《潮州修韩文公庙记》："公不少留我涕滂，翩然披发下大荒。"此句意谓：祖国危亡，堪可长歌当哭，凝注神州大地的浮沉。

［3］易水萧萧人去也——典出《战国策·燕策》和《史

记·刺客列传》：战国末年，卫国人荆轲被燕太子丹尊为上卿。太子丹派他去行刺秦王。赴秦时，太子丹与宾客皆以白衣冠相送于易水之上。此时，高渐离击筑，荆轲慷慨和歌：“风萧萧兮易水寒，壮士一去兮不复还！”萧萧，象声词，这里指寒风的声音。人，指荆轲。这里是作者自比。

［4］“一天”句——借景言情，谋求兴象之合，曼殊堪称此道高手。末句以景语、壮语作结，慷慨激昂，悲壮豪纵，读之令人感发兴起。

住西湖白云禅院作此

白云深处拥雷峰[1]，几树寒梅带雪红[2]。

斋罢垂垂浑入定[3]，庵前潭影落疏钟[4]。

题解

此诗作于1905年冬季。初刊于1912年5月1日《太平洋报》的附张《太平洋文艺集》，原题有“八年前”三字。后又刊于1914年5月《南社》第九集。1905年曼殊自上海去杭州曾“泛舟西湖”。至于曼殊此时在西湖的情景，蔡哲夫于《曼殊画跋》中尝回忆道：“著书被议，避地如孤山。1日，过灵隐岩前，见一祝发少年，石栏危坐，外虽云衲，内衣毳织贯头，眉宇间悲壮之气逼人，余以为必奇士，大有不得已而为之也。今读《拿舟金牛湖，寄似仲子》，知曼殊是岁亦客西湖，因语曼殊，遂知当日所见，固曼殊也。”白云禅院——即“白云庵”。曼殊 1908 年 9 月 13 日驰函刘三云：“瑛居白云庵（在雷峰塔下）已数日。”

注释

［1］雷峰——又名夕照山。相传道人雷就曾居于此。有塔名雷峰塔，为南屏山的支脉，为五代吴越王钱俶时所建，突出于杭州西湖南岸，1924 年倾塌。

［2］寒梅带雪红——指梅花在薄雪覆盖下透出嫣红的颜色。按：诗人在此选择了两个极为吻合冬春之交的季节特征的意象，雪、梅交映，衬之以流动的白云，将色、香、动、静交织在一起，可谓诗中有画，生意盎然。

［3］斋罢——僧人食素，名其膳为“斋”。入定——佛教用语。指僧人默坐敛心，绝不旁骛，渐渐进入禅定的状态。《华严经·序品》：“即于大众中结跏趺坐，入无量义处三昧（定），身心不动。”《观无量寺经》：“出定入定，恒闻妙法。”

［4］潭影——此指“三潭印月”；疏钟——此指“南屏晚钟”。以上为“西湖八景”之二景。按：“落”字在此下得极妙，着一“落”字，动静互衬，既增添了寺庙的宁谧氛围，又与全诗那种“守静入定”的禅味颇为契合。

花　朝

江头青放柳千条，知有东风送画桡[1]。

但喜二分春色[2]到，百花生日[3]在今朝。

题解

此诗从《苏曼殊全集》（开华本）录出。大约作于1906年仲春。文公直《曼殊大师全集》署属1907年的作品。但揆诸该年和下一年春夏秋三季曼殊皆在日本的事实，似乎将此诗的写作时间移前一年为宜。花朝（zhāo）——春季开花的节日，旧俗以农历二月十五日为百花生日，故称“花朝节”。田汝成《熙朝乐事》：“二月半为花朝。”但也有其他不同说法，兹不具论。

注释

[1] 画桡（ráo 音饶）——装饰华丽的游船。桡，即桨。汉刘安《淮南子·主术训》：“夫七尺之桡而制船之左右者，以水为资。”

[2]二分春色——指仲春景色。古人常把春季分为三分，每分一个月。苏轼《水龙吟·次韵章质夫杨花词》：“春色三分。”

[3] 百花生日——即花朝节。

春　日

好花零落雨绵绵，辜负韶光[1]二月天。

知否玉楼[2]春梦醒，有人[3]愁煞柳如烟？

题解

此诗录自柳亚子《苏曼殊全集》（开华本）。写作时间不详，从诗中的内容看，似为秦淮歌伎金凤而作，当在1906年春，其时曼殊正在长沙明德学堂任教。

注释

[1] 韶光——春光。范成大《初夏二首》："晴丝千尺挽韶光，百舌无声燕子忙。"

［2］玉楼——华丽的高楼。

［3］“有人”一语，本李白《菩萨蛮》：“暝色入高楼，有人楼上愁。”

有 怀

（一）

玉砌[1]孤行夜有声，美人[2]泪眼尚分明。
莫愁此夕情何限[3]？指点荒烟锁石城[4]。

题解

这组诗初刊于1909年12月《南社》第一集，当为本年诗人客居日本时所作。柳亚子在《苏曼殊诗年月考证》中认定这两首诗是1909年上半年在日本的作品。查曼殊署有“刘三诗人点铁”的手稿，这组诗确与1909年上半年的作品抄在一起，故可证此说无疑。此二首后又别见于1913年11月、1915年1月《生活日报》的附张 《生活艺府》，以及

1914年5月《民国》第一号《燕子龛随笔》，后者题目改为《寄刘三白门二绝》。至于具体内容，按柳无忌的看法，当为怀念淮河上伎人金凤而作。而第二首则是向认识金凤的刘三诉说自己的心境的。1908年1月2日，曼殊尝驰函刘三，云："由东京转来手教，未开缄时，欣喜无极，至诵大作，则不禁涔涔堕泪也！真知我者公耳！" 似可参印。

注释

［1］玉砌——白玉一般的石阶。

［2］美人——指金凤。秦淮河上的歌伎，曼殊1905年在南京军小学任教时与她相识。柳亚子《答马仲殊先生书》："诗中有'美泪眼尚分明'句，大概就是指金凤了。"

［3］莫愁——指莫愁湖。在南京市水西门外，风景幽绝。明代为徐中山园，相传六朝时有女子卢莫愁居此，故名。按：此时金凤已嫁人，自难与其再续前缘。虽然如此，诗人对金凤犹情有所钟，故曰"情何限"。

［4］石城——即"石头城"。《元和郡志》："石头城在（元和）县西四百里，即楚之金城也。吴改为石头城。"此指南京。

（二）

生天成佛[1]我何能？幽梦无凭恨不胜[2]。

多谢刘三问消息，尚留微命作诗僧[3]。

注释

［1］生天成佛——佛教用语，指生于天界。《释氏要览》引《正法念经》："持戒不杀、不盗、不淫，由此三善得生天。"成佛——即成正觉，并由此达到寂灭一切烦恼和圆满一切"清静功德"的"涅槃"境界。

［2］幽梦——深邃的梦境，此喻诗人与金凤之间的情爱。曼殊于1907年11月28日曾驰函刘三云："曼根器浅薄……前此所为，无一是处，都因无阅历，故人均以此疏曼，思之成痗……曼处境极苦，深契如兄，岂不知之？家庭事虽不足为兄道，每一念及，伤心无极矣！嗟夫！刘三，曼诚不愿栖

迟于此五浊恶世也。”——此即“恨不胜”之意涵所在。

[3] 微命——微贱的生命。诗僧——长于作诗的僧人。语出清代郑方坤《五代诗话》僧可朋条：“南方浮屠，能诗者多矣。”

集义山句怀金凤

收将凤纸写相思，[1]莫道人间总不知。

尽日伤心人不见，[2]莫愁还自有愁时。[3]

题解

此诗从《苏曼殊全集》（开华本）录出。写作时间可能与《有怀》组诗相近，即1909年春夏之间。1909年5月29日，曼殊尝自日本驰函刘三云："《渡湘水寄怀金凤》等画，昨冬本欲携来付印，然后寄上。"足见曼殊对金凤情意之殷。集义山（约813—约858）句——义山，乃李商隐的字，李氏又号玉溪生，怀州河内人。唐代著名诗人，著有《李义山传集》。曼殊的诗深受其影响。集句——乃古人作诗方式之一，采用撷摘前人一家或数家的诗句，拼集而成一诗。现存最早的集句诗，当为晋代傅咸的《七经诗》。

注释

［1］“收将”两句，集自《碧城·其三》。原诗为：“七夕来时先有期，洞房帘箔至今垂。玉轮顾兔初生魄，铁网珊瑚未有枝。检与神方教驻景，收将凤纸写相思。武皇传内分明在，莫道人间总不知。” 凤纸——为道士书写斋醮词文的用纸，李商隐即取义于此。后则泛指华美的纸张。

［2］“尽日”句——集自《游灵伽寺》：“碧烟秋寺泛湖来，水打城根古堞摧。尽日伤心人不见，石榴花满旧琴台。”

［3］“莫愁”句——此句集自《莫愁》：“雪中梅下有谁期？梅雪相兼一万枝，若是石城无艇子，莫愁还自有愁时。”

题　画

海天空阔九皋[1]深，飞下松间听鼓琴。

明日飘然又何处？白云与尔共无心。[2]

题解

此诗初刊于1907年出版的《文学因缘》第一卷。又见于1917年12月出版的《非梦记》。关于此诗的真伪问题，说法有二。邓秋枚认为："……曼殊亡友《画册》题诗'海天空阔'一首，查此诗为曼殊自作，而属弟代题于画上。盖曼殊工画而不能题，遂由弟代书。此诗'题'字当作'书'字解，便了然矣。"而柳亚子则认为："各家录曼殊诗，都有《题画》一绝，据邓以蛰先生说，此诗实明末僧人之作，今真迹尚保存无恙，故特删去。"（见1933年出版的《苏曼殊全集》〈开华本〉诗集的附尾）但时隔10年（1943年），柳亚子与柳无忌合编的自称“宁缺而毋滥”的《曼殊大师纪念集》却照收不误。今姑作保留，以备后考。此诗如为曼殊所作，则当作于1907年夏天。

至于此诗的本事，曼殊在其小说《非梦记》中有一段记述：“仲夏，燕生（曼殊自托的人物）谒汪玄度于鼎湖宝幢南院，玄度粗衣垢面，而神宇高古，方伏案作画，题松下一老僧，独坐弹琴，一鹤飞下。既竟，命生为题之。生接笔构思，少选，书一绝句曰：‘海天空阔九皋深。’玄度自捻其须曰：‘字迹类女子，然小诗可诵也。’”另外，在原来的画面上还有沈尹默一诗，题为《曼殊赠画属题，漫写二韵》，内容是：“张琴鼓天风，时答松涛响，坐冷石床云，孤鹤将安往？”

注释

［1］九皋——深远的水泽淤地。《诗经·鹤鸣》：“鹤鸣于九皋，声闻于野。”毛传：“皋，泽也。”郑玄笺：“皋，泽中水溢出所为坎，自外数至九，喻深远也。”陆德明释文：“九皋，九折之泽。”

［2］白云与尔共无心——鹤跟白云一样，都是纯任自然，无拘无束的。语出陶渊明《归去来辞》：“云无心以出岫，鸟倦飞而知还。”曼殊在此反用其后句意。无心，指不受拘束，纯任自然，含有超世脱俗的意味。按：此类禅意之诗，不难于故出世语，而难于在空际落笔，自生绝尘之概。按：

世人所驰骛者，功名利禄之场，而曼殊却独向松林寒泽息影，与采菊东篱之彭泽，同为避世高踪。又，诗人驻足山寺，一任万劫华鬘，飞腾过眼。结句以“白云”举衬，高旷之味直沁入诗骨矣。

莫愁湖寓望

清凉[1]如美人，莫愁如月镜[2]。
终日对凝妆[3]，掩映万荷柄[4]。

题解

这首五绝录自霍洁尘编的《苏曼殊诗酬韵集》，题下有注："民国二十二年十月三十日君侠投逸诗。"考诸曼殊行迹，曾多次到过南京，从诗境上看，与《有怀》《集义山句怀金凤》诸诗颇为相近，似当作于同一时期，即1908年深秋。

注释

［1］清凉——清凉山，又名石头山，在南京市城西，游览胜地。

［2］月镜——指明澈可鉴的圆镜。

［3］凝妆——盛妆。意谓“美人”终日面对“月镜”精心梳妆。

［4］万荷柄——“万柄荷”的倒装。极言荷花之盛。

忆刘三、天梅

东来与慈亲相会，忽感刘三、天梅去我万里，不知涕泗之横流也。

九年面壁成空相[1]，万里归来一病身[2]。

泪眼更谁愁似我？[3]亲前犹自忆同人[4]。

题解

此诗系从刘三所藏曼殊手札中抄出。原无题，柳亚子所编《苏曼殊全集》（北新本）以序为题。今用文公直《曼殊大师全集》所拟之题。考察曼殊是年2月偕刘师培、何震夫妇东渡日本，寻访庶母河合仙，得遇。1907年6、7月间，曼殊自日本与刘三的复函中如是写道："今惟吾母、吾姐与曼三人形影相依而已。附寄一绝，曼不能作诗，乞为教正复我，感甚！”由此推之，此诗似当作于该年的2月至7月之间。刘三（1890—1938年）——原名钟彭，字季平，号江南，排行第三，故又号江南刘三。1903年曼殊在日本成城学校时同学，1905年又在南京陆军小学同事。倾心革命，曾因秘密收葬清末民主革命宣传家邹容之遗体而赢得“侠士刘三”之美名。刘三与曼殊彼此交厚，来往甚密，曼殊经济困难，时时得刘三资助。故曼殊一向将刘三视为“知己”，并拟请其为己作传，尝恳言道：“知我性情遭遇者，舍兄而外，更无他人矣。千万勿却。知己之言，固不必饰词以为美，第摹余平生伤心事实可耳。”（1907年12月4日复刘三信）

高天梅（1877—1925年）——高旭的字，号剑公，初号江南快剑，继号钝剑，又号慧云、慧子，江苏金山张堰镇人。为南社的重要发起人之一，后又加入国学保存会。昌言革命，为宣扬民主革命尽心肆力。诗风遒健，尤以假托石达开之诗二十首为时人所争诵。1906年与曼殊相识，以后时有书信往还。高天梅所著《愿无尽庐诗话》有论及曼殊的诗作。

东来与慈亲相会——“慈亲”即指河合仙。1907年2月13日，曼殊跟刘师培、何震夫妇自上海东渡东京数月。其间时往义母河合仙（日本人，曼殊父亲苏杰生首妾）处留居。关于会面的一些情况，河合仙在1907年初秋写的《曼殊画谱·序》有述及：“吾儿……早岁出家，不相见者十余年，弹指吾儿年二十四矣。去夏始得卷单来东省余，适余居乡，缘悭不遇，今夏重来，余白发垂垂老矣。”

注释

［1］面壁——面对墙壁，默坐静修。原指南天竺僧人菩提达摩面壁9年修行成佛，事见释普济《五灯会元》卷一：初祖菩提达摩大师，“寓于嵩山少林寺，面壁而坐，终日默然，人莫之测，谓之壁观婆罗门。”此指艰苦修行。空相——佛教名词。佛教认为一切客观存在的事物皆为“因缘和合”所构成，本身并不具有任何质的规定性，亦非独立存在的实体，是“无自性”的假象，故称之为“空”或“性空”。此句意谓自己出家为僧。按：《苏曼殊全集》（北新本）在诗后有原注：“余出家刚九年。”但自柳亚子“得到了正确的报告”之后，各本都把这一原注删去，至于“九年”依柳亚子所见，属于虚指。关于曼殊出家的时间，各说有异。《潮音·跋》作12岁（1895年），《断鸿零雁记》作14岁（1897年）；《燕子龛随笔》作17岁（1900年）之前；柳亚子《重订苏曼殊年表》作20岁（1903年）。如果按照这条原注的时间计算，当以陈去病《与柳亚子论曼殊身世函》所推断的16岁为妥。

［2］一病身——曼殊自小体弱多病，以后又痛饮暴食，故体质极差。对此《断鸿零雁记》间有记述。当“三郎”到日本会义母河合仙时，乳母“忽仰首，且抚余肩，曰：‘伤哉！不图三郎（曼殊小名）羸弱至于斯极！”又，姨氏亦“徐徐叹曰：‘哀哉三郎……较儿时消瘦耳。”因《断鸿零雁记》系自传体小说，故可作“纪实”之作参读。

［3］泪眼更谁愁似我——语重见《双秤记·序》：“燕

子龛中，泪眼更谁愁似我？” 更谁，还有哪一个？

[4] 同人——志趣相同的人。指刘三、天梅。同，一本作“词”。

无　题

寒禽[1]衰草伴愁颜，驻马垂杨望雪山[2]。

远远孤飞天际鹤，云峰珠海[3]几时还？

题解

这首诗辑自《艺林丛录》第五编文芷的《曼殊上人诗册》。揆诸诗题，其中有“兼呈晦闻、哲夫、秋枚三公”之语，据考，曼殊结识晦闻（黄节）是在1907年下半年，识蔡哲夫则在1908年。又据相关资料显示，1908年5月初，章炳麟与刘师培在东京发生矛盾，刘师培迁怒于曼殊，曼殊即迁离其家。曼殊1908年5月7日自日本给刘三的信说：“近日心绪乱甚……飘泊无以为计，欲返粤一转，奈无资斧何，故只可沿门托钵……曼日坐愁城，稍得路费，当返罗浮静居数月，然后设法南行。浊世昌披，非速引去，有呕血死耳。”但苦于资川，一直未果。是年9月又自上海驰函刘三云：“瑛（曼殊的名）是役欲南返乡，小住罗浮，然后入印度。舟经沪上，忽得痢疾，南行终未果。”据此可断此诗大概作于1908年末或1909年初。

罗浮——即罗浮山。在广东省东江北岸，多瀑布、泉水，风景优美，为粤中游览胜地。曼殊曾于1903年冬在离此不远的惠州某破庙披剃为僧。不二山——即富士山。日本最高的山。在本州岛中南的静冈、山梨县境内。是著名的火山，山体呈标准圆锥形，山顶终年积雪，山下是舒缓的广阔原野，有温泉、瀑布，风景优美，是游览胜地。二兄——指堂二兄苏镇康，字维翰，号墨斋，曼殊叔父苏德生的次子。与曼殊关系甚佳，其人当时在广州教书。晦闻——黄节的字。（参看《寄广州晦公》题解） 哲夫（1879—1941年）——蔡守的字，又名有守，字守一号成城、寒琼，别号蔡八，广东顺德龙江人。1908年与曼殊相识，以后来往较密，经常为曼殊题画跋。秋枚——邓实的字，号枚子，别号野残，广东顺德龙江人。曾与黄节主办国学保存会。1907年秋，曼殊在国学保存会藏书楼与其相识，后来常为曼殊题画跋。

注释

［1］寒禽——语出司空曙《贼平后送人北归》：“寒禽与衰草，处处伴愁颜。”此指冬春之交之景物。

［2］雪山——指不二山。即日本富士山，因其山巅常年积雪，故云。黄遵宪《日本杂事诗》自注：“富士山，又名莲峰，国中最高山也，峰顶积雪，皓皓凝白，盖终古不化。”

［3］云峰——这里指广东城北之白云山，主峰摩星岭，常为白云所掩，故称。珠海，珠江，一称粤江。我国南方大河，以在广州市内段的江中旧有一沙洲“海珠”而得名。

西湖韬光庵闻鹃声柬刘三

刘三旧是多情种，浪迹烟波[1]又一年。

近日诗肠饶几许[2]？何妨伴我听啼鹃[3]。

题解

此诗初刊于1910年6月《南社》第二集。柳亚子认为“此诗应是1909年在杭州的作品”。（《苏曼殊诗年月考证》）但考诸曼殊行迹，其居韬光庵当为1908年秋，作《听鹃图》赠刘三即在此时（见柳亚子《重订苏曼殊年表》）。

关于这首诗的本事，可参看曼殊相关文字。他在《画跋》中云：“昔人天津桥《听鹃词》云：‘最可惜，一片江山，总付与啼鸩！’（原词见姜夔《八归·湘中送胡德华》）衲今秋弛担韬光庵，夜深时闻鹃声，拾笔图此（指《听鹃图》），并柬季平一诗。诗曰：‘刘三旧是多情种。’”至于曼殊当时在韬光庵的情景，佚名的《记曼殊上人》亦有一段记载："刘申叔云：'尝游西湖韬光寺，见寺后松树错楚，数椽破屋中，一僧面壁趺坐，破衲尘埋，藉茅为榻，累砖代枕，若经年不出者。怪而视之，乃云日前住上海洋楼，衣服丽都，以鹤毳为枕，鹅绒作被之曼殊也。"

又，1908年9月，曼殊自杭州驰函刘三，有"拙诗蒙斧正，不胜雀跃"之语，可见此诗曾经刘三润色。韬光庵——在杭州北高峰下巢构坞中，建于唐代，原名广严院，后因韬光禅师曾在此创建寺院，宋时改名为韬光庵。柬——书柬，这里用作动词用。

注释

[1] 浪迹烟波——指在江湖上流浪漂泊。

[2] 诗肠——指受外物感发而引起的诗兴。饶几许——犹言究竟有多少？1907年10月21日，曼殊自上海驰函刘三，内有"兄近日诗肠，又饶几许"之语。

[3]啼鹃——用望帝事。望帝原为周末蜀国君主的称号，名为杜宇。据《太平御览·蜀王本纪》载：望帝颇为无能，治水无策，乃由鳖灵代他治水。又《十三州志》云："当七国称王，独杜宇称帝于蜀……，望帝使鳖灵凿巫山治水有功，望帝自以德薄，乃委国禅鳖灵，号曰开明，遂自亡去，化为子规。"由此可见，原初的"望帝"故事，其悲怨色彩非常

浅淡。但《禽经·杜鹃》："蜀右曰杜宇。"晋张华注引汉李膺《蜀志》曰：望帝称王于蜀，得荆州入鳖灵，得立以为相。"后数岁，望帝以其功高，禅位于鳖灵，号曰开明氏。望帝修道，处西山而隐，化为杜鹃鸟，或云化为杜宇鸟，亦曰子规鸟，至春则啼，闻者凄恻。""望帝"故事的悲怨气氛遂加重。又，由于杜鹃相传是古代蜀帝杜宇的灵魂所化，啼时嘴中流血，声音凄厉动人。故迨至李时珍，在其《本草纲目》中又引唐代陈藏器《本草拾遗》中的"人言此鸟，啼至出血乃止"之语，则又进一步渲染了悲哀的氛围。逮至宋人，竟干脆将"望帝"自怜的悲哀变为愤怒的悲怨，望帝原来的自愿退位也变成被篡夺帝位："望帝自逃之后，欲复位不得，死化为鹃。"（《太平寰宇记》）

——以上所云，足以表明"望帝"这一典故的意义，在历代文人的不断阐释中，其外延内涵亦在不断扩展转化，并不断地在原来的意蕴上生出新的意蕴。从这一典故本身的"使用史"来看，历代诗人大多用"望帝"啼鹃、"杜宇啼血"比喻冤魂的悲鸣或借此表现某种悲怨、凄凉的心境。如李商隐《锦瑟》："庄生晓梦迷蝴蝶，望帝春心托杜鹃。"白居易《琵琶行》："其间旦暮闻何物，杜宇悲啼猿哀鸣。"晏殊也是在这一意义上使用"啼鹃"典故的。

为调筝人绘像（二首）

（一）

收拾禅心侍镜台[1]，沾泥残絮有沉哀。[2]

湘弦[3]洒遍胭脂泪，香火重生[4]劫后灰。

题解

这组诗作于1909年夏天，发表于1910年12月《南社》第三集。1909年1月2日，曼殊离上海东渡日本东京，与陈独秀（仲甫）同住神田清寿馆，时与艺伎百助眉史相往来。这两首诗当系描述曼殊为百助眉史绘像时的情景和感受。所谓调筝人，即百助眉史之别称也。柳无忌在《苏曼殊及其友人》尝谓："百助眉史和曼殊的关系最密切。现在我们还可以看见曼殊为她手绘的像，题名《静女调筝图》的就是。此图曼殊曾印成明信片，分送友人，邓秋枚和包天笑处各有一页，都是曼殊加上题识送给他们的。……所谓百助眉史者，实在是一个日本伎女，在《海上蜃楼》（包天笑著）中也曾提及过，称她为‘东方之美人’，妙婉无伦。她也是曼殊诗中的调筝人。”又，这组诗的第二首，作者原注为：“口为眉史绘相。”不少论者认为是陈独秀（仲甫）的作品。究竟以孰说为是，已难具考。

筝——古乐器，形状像瑟，十二弦，后为十三弦，相传为秦时蒙恬所造。有弹筝、搊筝两种。《因话录》：“秦人鼓瑟，兄弟争之破而为两，筝之名由此始。”

对于这两首诗，熊润桐评论道：曼殊的“女弟子倾城女史题他的画，曾有句云：‘佛心本多情，辞俗情难扰。’读了这几首诗，益发信了。”（《苏曼殊及其燕子龛诗》）杨德邻亦赞曰：“一缕深情，不可以字句间求，菩萨低眉，山间猿鹤，都能悟彻。”（《锦笈珠囊笔记》）

注释

［1］禅心——佛教用语，指专一礼佛、清静寂寞的心境。禅，梵文“禅那”的略称，意译作“思维修”“静虑”“弃恶”等。谓心注一境，正审思虑。佛学东渐后，“禅”的意涵也不断地丰富。“禅”不仅是通过静虑的自讼、自觉，而

且是静虑覆盖下的自我审视、自我洗涤、自我否定、自我完善、自我净化、自我跌落、自我升华、自我顿悟等等。镜台——即明镜台，指心。佛教用语。比喻极其清静空无的境界。《传灯录》载楞伽宗五祖弘忍欲立法嗣，令门人各写一偈，上座神秀夜间于壁上写道："身是菩提树，心如明镜台，时时勤拂拭，莫使有尘埃。"后来舂米行者慧能又作了两偈，其一为："菩提本无树，明镜亦非台，佛性本清静，何处染尘埃！"另一偈为："心是菩提树，身为明镜台，明镜本清静，何处染尘埃！"

[2] 沾泥残絮有沉哀——此句诗人自注："尝作《风絮美人图》寄晦公广州，晦公寄余诗有'向人风絮有沉哀'句。"据《燕子龛随笔》载："（晦闻）居士有蒹葭楼，余作《风絮美人图》寄之。"按：晦闻原诗写于1909年，题为《曼殊自日本寄画作风絮美人，题〈为调筝人绘〉，命之曰〈春怨〉，赋此答之》。全诗如下："东海遗书久未裁，殷勤缄札几回开。三年违别兼春暮，一纸将愁与画来。入世蛾眉宜众妒，向人风絮有沉哀。怜君未解幽忧疾，讵为调筝又怨猜。"

沾泥残絮——以残絮沾泥为喻，状禅定状态，寂然无所动心。语出赵德麟《侯鲭录》卷三：苏东坡在徐州，参寥往访，东坡席上令一伎戏求诗，参寥口占一绝，中有句云："禅心已作沾泥絮，不逐东风上下狂。"

[3] 湘弦——语本屈原《远游》"使湘灵鼓瑟兮，令海若舞冯夷"之句，原指神话中楚国女神湘灵的琴弦。此处

借指百助所弹之筝弦。曼殊于《燕子龛随笔》中尝录谭嗣同《古意》："素手闲调雁柱筝，花雨空向湘弦洒。"

［4］香火——香与灯火，皆为佛前供奉之物。古人盟誓时所必用，故佛家语中有所谓"香火因缘"，指人缘契合，如结盟于前世。劫后灰——佛家语，谓"劫火"之灰烬。梁朝释惠皎《高僧传·竺法兰》："昔汉武穿昆明池底，得黑灰，以问东方朔。朔云：'不知，可问西域胡人。'后法兰既至，众人追以问之。兰云：'世界终尽，劫火洞烧，此灰是也。'"此语又见于《断鸿零雁记》："余等遂徐徐蹑石而上，既近（龙山寺）山门，有联曰：'蒲团坐耐江头冷，香火重生劫后灰。'余心谓是联颇工整。"按：此处以"劫灰"喻死灭之心灵。

（二）

淡扫蛾眉[1]朝画师，同心华髻结青丝。[2]

一杯颜色和双泪，写就梨花[3]付与谁？

注释

〔1〕淡扫蛾眉—— 意谓不施朱粉，葆其天然丽质。语出唐人张祜《集灵台·其二》："却嫌脂粉污颜色，淡扫蛾眉朝至尊。"

［2］同心华髻结青丝——作者自注："汉元帝时有同心髻，顶发相缠，束以绛罗。今日本尚有此风。"华髻，华美的发髻。

［3］梨花——比喻女子秀洁的容颜。此处为"梨花带雨"之略语，形容调筝人涕泪纵横。语出白居易《长恨歌》："玉容寂寞泪阑干，梨花一枝春带雨。"

调筝人将行，属绘《金粉江山图》，题赠二绝

（一）

乍听骊[1]歌似有情，危弦[2]远道客魂惊。

何心描画闲金粉？枯木寒山满故城[3]！

题解

此二首亦为1909年上半年在日本留居时为“调筝人”所作之诗。初刊于1911年6月《南社》第四集。原稿题作《调筝人将行，出绡属绘〈金粉江山图〉奉题二绝》。此乃送别之诗。

《金粉江山图》——“金粉”原为绘画颜料，色泽鲜艳，用以渲染富丽繁盛、华美辉煌的气氛，故中国画中有“金碧

山水”之品目，此喻繁华绮丽。郑板桥《道情十首》：“文章两汉空陈迹，金粉南朝总废尘。”

注释

[1] 骊歌——指告别之歌曲。《汉书·儒林传》注：“逸诗有《骊驹》三篇，客欲去歌之：‘骊驹在门，仆夫具存，骊驹在路，仆夫整驾。’”

[2] 危弦——将筝弦调得极紧，致使所弹奏出来的曲调更形凄切而激厉。张协《七命》：“抚促柱则酸鼻，挥危弦则涕流。”此句意谓诗人听到调筝人以危弦所奏之曲，顿然惊觉其将孤身远行。

[3] 枯木寒山——极言眼中物象之凄清荒凉。语本五代韦庄《金陵图》诗：“君看六幅南朝事，老木寒云满故城。”故城——指东京。按：诗人与调筝人两情缱绻，晨夕相依，一旦挥手作别，虽藤蔓柳条，亦不胜低徊；况有骊歌传来，数声凄切，致使诗人竟无心绘事矣。结句仅言眼中所见，而诗意自现，妙在不说尽也。

（二）

送卿[1]归去海潮生，点染生绡[2]好赠行。

五里徘徊[3]仍远别，未应辛苦为调筝。

注释

［1］卿——你。此指调筝人百助眉史。

［2］点染生绡——指绘画。

［3］五里徘徊——语出《古诗·艳歌何尝行》：“五里一反顾，六里一徘徊。”旧时五里设一短亭，十里设一长亭，可作饯别之所。

寄调筝人（三首）

（一）

禅心一任蛾眉[1]妒，佛说原来怨是亲。[2]

雨笠烟蓑[3]归去也，与人无爱亦无嗔[4]！

题解

这组诗作于1909年上半年。初刊于1910年12月《南社》第三集。另见于1912年4月19日《太平洋报》的附张《太平洋文艺集》所载高天梅《愿无尽庐诗话》，第一首题作《西京步枫子韵》，第二首题为《失题》，第三首题为《水户观梅有寄》。按：据柳亚子、柳无忌所考，“枫子”疑是调筝人（百助）的别名。（参看《苏曼殊〈断鸿零雁记〉之研究》

《苏曼殊及其友人》)。

关于这组诗,前人评价甚多,兹撮其要而录之,以备参酌。鲁迅认为:“《寄调筝人》系曼殊自作的颓废性的三首七绝。”(《鲁迅全集·坟·杂记》注释)杨熊烈在《苏曼殊传》中说,诗中看出了“出家人本来的面目”。

任访秋在《苏曼殊论》中说:“青年时期,他曾遇到一些妙龄女子,对她无限钟情,如调筝人以及雪鸿等。他对她们的青睐,不能不为所动。但根据他的初衷,已不可能接受她们的爱情,因而在思想感情上,产生了剧烈的矛盾和痛苦。而这矛盾和痛苦,正是他那缠绵悱恻,幽怨哀婉的诗篇产生的根源。在他的这类杂篇中,往往表现出当爱情在自己心潮里泛起波澜时,总是用佛法作为解除个人痛苦与矛盾的手段。即如《寄调筝人》。”

田汉在《苏曼殊与可怜的侣离雁》中说:“读来读去,仿佛雨意满窗,骚魂满座。因忆‘可怜的侣离雁’的《无言之曲》的中间,有一篇《一都冷雨》诗曰:‘……愁根无觅处,愁思向谁语,既与人无爱无嗔,又何事伤心如许?’……与曼殊大师《调筝人》中绝句所云……又何其相类,岂必同是他们绝代愁人,才能同作这样绝代伤心的愁句吗?”

熊润桐在《苏曼殊及其〈燕子龛诗〉》中也说:“他的‘雨笠烟蓑归去也,与人无爱亦无嗔’句,和法国魏尔论的《无言之曲》中间那篇《一都冷雨》的卒章,‘既与人无爱无嗔,又何事伤心如许’句,同是一伤心人语,但是,佛心既然是多情的,为什么又会无爱、无嗔的呢?唉!这不过是纳兰性德所谓：‘人到多情情转薄’罢了！怨哟，亲哟，爱哟，嗔哟，怨即是亲，嗔即是爱，离言说相，离名说相，此中三昧，非绝代情人如曼殊者，断不能够体认得到哩！”

按：作为“大有情人”的曼殊，在诗中却屡出“绝情之语”，归其因，就在于他虽在理智上极力规避着爱情的归宿，但在感情上，却无法抵御爱情的诱惑。于是，青楼北里，便成了曼殊的寄身之地。他觉得这里的氛围，与自己的心境颇为谐调——只有在这里，才可以摘下虚矫的人格面具，使疲惫的神经松弛下来，使压抑的心灵在肆无忌惮的谈笑中得到释放。以故，曼殊虽然耽迷风月场，像挥霍金钱那样挥霍着自己的青春，但他绝非庸俗的狎客。据知情者说，曼殊对他所召之花，往往瞪目凝视，默无一语。若有校书自道身世之苦，即倾囊相助，虽千金不吝。而他本人，则颓然兀坐斗室，饥则饮清水、食蒸粟而已。明乎此，或许有助于我们解会曼殊何以如此“绝情”。

注释

［1］蛾眉——古人以眉象细而弯为美，故常以“蛾眉”喻女子之美貌。此指调筝人百助眉史。

［2］佛说原来怨是亲——语出《大集经》：“于怨亲中，平等无二。”又《智度论》：“慈心转广，怨亲同等。”《景德传灯录》：“佛教慈悲，怨亲平等。”《八大人觉经》：

“等念怨亲。” 意谓怨与亲略无差别。

[3] 雨笠烟蓑——语本张志和《渔歌子》：“青箬笠，绿蓑衣，斜风细雨不须归。”此处反用其意。

[4] 嗔——责怪。

（二）

生憎[1]花发柳含烟，东海飘零二十年。[2]

忏尽情禅空色相，[3]琵琶湖畔枕经[4]眠。

题解

此诗《太平洋文艺集》题作《失题》。杨德邻在《锦笈珠囊笔记》中评论道："忏尽情禅，空诸色相，与一切众生，同登净土矣。"柳亚子于1949年3月6日，赠诗给曼殊的"私淑弟子"匡亚明，内云："地覆天翻百代余，乡音入耳故徐徐；说对匡鼎君无愧，同向禅前话曼殊。"原注："亚明为余诵'生憎花发柳含烟，江（东）海飘零二一年；忏尽情丝（禅）空色相，琵琶湖畔枕经眠'句，恍见故人风致。正如昔贤所云：'不意永嘉之世，复闻正始之音'者是也。况在百战之余，尤为难得。"（参看郑逸梅《南社丛谈》）

注释

［1］生憎——极为厌恶。按：值此“花发柳含烟”之际，最易撩拨人的情思，增添烦恼，故云“生憎”。

［2］东海飘零二十年——指自己前后去日本往返共20年。按：曼殊自6岁（1889年）由嫡母黄氏携归广东中山县白沥港村，至1898年跟随表兄林紫垣至日本横滨，1899年初返回广州；不久又东渡日本横滨，1903年返沪；1906年东渡东京，旋即返沪；1907年东渡东京，下半年又复返沪；1908年东渡东京，下半年又复返沪；1909年东渡东京，下半年又返沪。前后20年，经常往返于日本与中国之间。东海，原指中国与日本之间的海域，这里因日本在我国的东方，故称。

［3］忏尽——忏，佛教用语，梵文（忏摩），意思是忏悔，即对人表露自己的过错，冀求容忍宽恕，后来成为专以脱罪祈福为目的的宗教仪式。情禅——佛教修行，要求静坐敛心，专注一境，摒除一切杂念，谓之参禅。情禅指在参禅过程中受到情爱欲念的干扰。空色相——看破色相。空，作动词用，看破。色相，佛教用语，指一切事物的形状和外貌。《华严经》：“无边色相，圆满光明。”《楞严经》：“离诸色相，无分性别。”后指女色。此句意谓要彻底摒除情爱的干扰，潜心参禅。

［4］琵琶湖——在日本西京滋贺县中部地区，为日本第一大湖。1913年12月，曼殊自日本驰函叶楚伧道：“西京琵琶湖……是间为三山最胜处。”枕经——以经书（佛经）为枕，表示专心修行为僧。

（三）

偷尝天女唇中露，[1]几度临风拭泪痕。

日日思卿令人老，[2]孤窗无那[3]正黄昏。

注释

[1]偷尝天女唇中露——高旭《愿无尽庐诗话》注："此译摆伦（即拜伦）句。"指与调筝人接吻。原译句为："朱唇一相就，沩液皆芬香；相就不几时，何如此意长？"

[2]日日思卿令人老——语出《古诗十九首·行行重行行》："思君令人老，岁月忽已晚。"李之仪《卜算子》："日日思君不见君，共饮长江水。"卿，指调筝人。一作"君"。

[3]无那——无奈。那，"奈何"之合音。

题《静女调筝图》

无量春愁无量恨，一时都向指间鸣。[1]

我已袈裟全湿透，[2]那堪重听割[3]鸡筝！

题解

此诗作于1909年春天，一题作《题〈调筝人调筝图〉》。关于此诗的本事，可参看曼殊于1909年所作《贻天笑百助女史小影片》，内云："'无量春愁无量恨。'余尝作《静女调筝图》，为题二十八字，并录云林高士《柳梢青》一阕……以博百助女史一粲。日来雪深风急，念诸故人，鸾飘凤泊，衲本工愁，云何不感？故重书之，奉寄天笑足下。"包天笑于1962年9月尝作诗并回忆说："调筝静女画真真，风雪天寒念故人，玉指鸣声思百助，展图犹是美人身。"其自注："君（指曼殊）在东京，寄我以日本百助眉史弹筝一小影……

此百助小影我曾载之所编小说杂志，（见《小说大观》第五集）后为瘦鹃借去影印，（载《半月》杂志第三卷第十六号）不知今尚在否？”又，周瘦鹃在《紫兰花片》中说：“曼殊久寓扶桑与彼邦名花百助女（眉）史善，过从綦密，燕子龛中，时着亭亭倩影焉。往岁尝以一邮片贻包天笑前辈，上镌女史调筝小影，神光离合，不可逼视，璧月琼花，犹不足以方其明冶也。”静女——贞静的女子，指百助眉史。包天笑（1876—1973年），一名公毅，字朗孙，江苏省吴县人。曼殊1903年在吴中公学任教时的同事兼好友。

注释

[1] 无量春愁无量恨，一时都向指间鸣——意谓百助将积郁心头的无尽愁恨，都借弹筝迸发而出。

[2] 我已袈裟全湿透——语本白居易《长恨歌》：“座中泣下谁最多，江州司马青衫湿。”意谓因与弹筝者系知音，故在听筝时触动悲情，泣泪不止。

[3] 割——指用拨子弹奏弦乐。按：静子“春愁无量”，都付管弦；诗人袈裟尽湿，已不堪为听。哀乐鸡筝，更谁顾曲耶？

本事诗（十首）

（一）

无量春愁无量恨，一时都向指间鸣。

我亦艰难多病日，[1]那堪重听八云筝[2]。

题解

这组诗发表于1910年12月《南社》第三集。其中第九首另刊于1909年12《南社》第一集。题为《有赠》，又刊于1914年5月《民国》第一号的《燕子龛随笔》，题为《春雨》。

关于这组诗，柳亚子在《对于曼殊研究草稿的我见》中说："曼殊《本事诗》脱稿后即分寄给朋友，我和高天梅、蔡哲夫都有和作，现在还留存在我的旧诗集中，这的确是1909

年上半年的事情。”又在《苏和尚杂谈》中说：“在1909年春天我的旧诗稿上，写着《曼殊寄示近作占此报之》的四首七律，还有《和曼殊〈本事诗〉七章》。此时应有曼殊寄我的信和诗稿，但现在已找不到了。”由此推断，这组诗当作于该年的春天。

关于这组诗所写的对象问题，历来说法有四：一、认为是写百助的。柳无忌《苏曼殊及其友人》：“曼殊的《本事诗》十章，全为百助而作。”柳亚子《答马仲殊先生书》：“《本事诗》十章及调筝人各首，已能证明其为百助眉史而作。”二、认为其中有写“静子”的：熊润桐《苏曼殊及其〈燕子龛诗〉》：“当拿来和他的《断鸿零雁记》合看，那本记里面叙他东归后的情史，可以做这几首诗的注脚。”三、认为“静子是百助的影子”。罗建业《曼殊研究草稿》：“《本事诗》是咏他和百助女史遇合的事；尤其是‘调筝人，即百助。我又拿来和《断鸿零雁记》中的静子印证，真觉有头头是道之妙！”四、认为是写“一种理想的美人”的。周作人《曼殊与百助》：“我疑心老和尚只是患着单思病，他怀抱着一个永远的幻梦，见了百助、静子等活人的时候，硬把这个幻梦罩在她们身上。”

综上所述，似以第一说法为宜，因从蔡哲夫所藏曼殊墨迹来看，这组诗是曼殊与陈仲甫（独秀）唱和之作。其时二人同住东京清寿馆，与百助时相往还。而此时“静子”已死，揆诸情理，作为“大有情人”的曼殊自不愿重提这段“伤心史”，而作为深知曼殊其人且亦知晓曼殊与“静子”之关系的陈仲甫，似亦不会“重惹旧啼痕”。故注者以为还是柳亚子的《本事诗》十章“为百助眉史作”之说较为可从。

对于这组诗，郑逸梅曾以“风华靡丽”四字概括（参看《题曼殊上人〈本事诗〉九章后》）。熊润桐则称之为“哀怨楚恻的结晶”（参看《苏曼殊及其〈燕子龛诗〉》）。于右任在《独对斋笔记》中称这组中的第九首“尤入神化”。杨德邻在《锦笈珠囊笔记》中称此诗：“不著迹相，御风冷然。”

注释

［1］我亦艰难多病日——曼殊在日本期间，贫病交加，生计维艰。1909年5月26日，他尝自日本驰函刘三，内云：“雪（曼殊别号）近为脑病所苦，未知何日得西归相见？”时隔数日，又致函刘三：“弟脑病如故，医者谓：是病无甚要紧，但须静养，故弟近日心绪至无聊赖。”

［2］八云筝——产自日本的一种二弦琴，用竹、杉、柏为材料制成，长三尺六寸，通常置于琴台演奏。作者原注：“日本古史相传，有神名‘须佐之男命’者，降出云国，为斩妖龙而娶其国美女‘稻田姬’。妖龙八首化龙飞起。后人因以八云为乐器之名云。”又周作人1927年5月10日致函柳无忌，内云：“日本有二弦琴名八云筝，唯平时少弹者耳。”按：此诗与《题静女调筝图》同，后两句稍异。据罗建业在《曼殊研究草稿》中说：“按《贻天笑百助女史小影片》的跋语说：‘余尝作《静女调筝图》，为题二十八字。’他

所题的二十八字，实即《本事诗》的第八首（这里排第一首）。其末两句，‘我已袈裟全湿透，那堪重听割鸡筝’，只因‘袈裟’二字和下首重复（指‘袈裟点点疑樱瓣’，才改为‘我亦艰难多病日，那堪重听八云筝’罢了。”

（二）

丈室番茶[1]手自煎，语深香冷涕潸然[2]。

生身阿母无情甚，为向摩耶问夙缘。[3]

注释

[1] 丈室——一丈见方的房间，极言其狭小。此指百助之居所。番茶——用茶树老叶制成的低质煎茶，俗称“茶砖”。曼殊原注云：“番茶，日本茶名。”

[2] 潸然——流泪之状。

[3] 摩耶——梵文“摩诃摩耶”之略称。相传是公元前6至5世纪古印度天竺天臂城善觉王的女儿，迦毗罗卫国净饭王的王后，释迦牟尼的生母。夙缘——佛教用语。亦作“宿缘”，指前世的因缘。——此二句以百助的口吻出之，意谓生母为何如此狠心，将我送入妓馆。你是出家人，请问问摩耶夫人，我为何会遭到如此报应？！

（三）

丹顿拜伦是我师，[1]才如江海[2]命如丝。

朱弦休为佳人绝，[3]孤愤[4]酸情欲语谁？

注释

[1]丹顿（1265—1321年）——曼殊自注："丹顿即Dante。"通译"但丁"，意大利文艺复兴时期诗人，代表作《神曲》。他的作品具有人文主义思想的萌芽，但带有中世纪宗教色彩。但丁博学多才，对中古文化各个领域，如神学、天文学、哲学和音乐、绘画艺术都有研究。但后来因为反对封建贵族，维护祖国统一，被判处终身流放，辗转于意大利、法国、英国，最后死于意大利北部城市拉韦纳。他早期的抒情诗集《新生》歌颂理想中的爱人，表达对美好生活的渴望。拜伦——19世纪英国浪漫主义诗人。代表作《唐璜》。他14岁开始写诗，后来进入剑桥大学研究文学和历史。他

曾游历西班牙、希腊、土耳其等国，后因反对封建专制压迫和抨击资产阶级贵族当局而被迫出国。曼殊《拜伦诗选·自序》说：“拜伦以诗人去国之忧，寄之吟咏，谋人家国，功成不居，虽与日月争光可也。”最后在参加希腊反对土耳其的解放战争中，患寒热病逝于沼泽地米索朗基。（参见《题拜伦集》题解）。

[2] 才如江海——极言才华之大。晋朝的潘岳与陆机，因才华过人，史称“潘江陆海”。

[3]“朱弦”句——语出宋代黄庭坚《登快阁》诗：“朱弦休为佳人绝”。意谓知音不在，纵有朱弦，亦只能任其尘封。佳人——指百助。

[4] 孤愤——参看《以诗并画留别汤国顿》注[3]。

（四）

愧向尊前说报恩，香残玦黛浅含颦[1]。

卿自无言侬已会，湘兰天女是前身[2]。

注释

[1] 玦黛——青黑色玉块。浅含颦——眉头微皱。

[2] 湘兰天女——曼殊原注："曩在秣陵，仁山老居士为余道马湘兰证果事甚详。"据《燕子龛随笔》等所载："1908 年夏历 11 月中旬，曼殊在南京祇垣精舍任教，12 月 10 日患脑病卧床，仁山老檀越为余言秦淮马湘兰证果事甚详，近人但优作裙带中语，而不知彼姝生天成佛也。"马湘兰：明末金陵名妓，"秦淮八美"之一。名守真，字元儿，小字月娇。工诗善画兰。居秦淮回光寺附近，风流放荡，善伺人意，喜结交名士。欲委身王稺登，稺登不可。

万历中，王稺登年七十，湘兰往置酒为寿，宴饮累月，为金阁胜事。既归而病，礼佛端坐而逝。前身——佛教用语，前世之身。

（五）

桃腮檀口坐吹笙[1]，春水[2]难量旧恨盈。

华严瀑布高千尺，[3]未及卿卿[4]爱我情！

注释

[1] 笙——簧管乐器。周作人1927年5月18日答柳无忌信：“‘桃腮檀口坐吹笙’，照上面的七字看来，当为笙，无疑，因‘筝’，当云弹，而‘桃腮檀口’又指明‘吹’也，虽然在事实上日本绝少吹笙之人。”

[2] 春水——旧时常用以比喻愁恨之多。江淹《别赋》：“春草碧色，春水绿波，送君南浦，伤之如何？”此喻笙声哀愁宛转。

[3] “华严瀑布”句——似从李白《赠汪伦》：“桃花潭水深千尺，不及汪伦送我情”中化出。华严瀑布——日

本栃木县内日光山上的瀑布，高一百公尺，宽十公尺，发源于中禅寺湖的“大谷川”河流。曼殊原注：“华严瀑布在日光山蓬瀛最胜处也。”另《画跋》亦有类似文字。

[4]未——一本作“不”。卿卿——指百助。任访秋在《苏曼殊论》中认为这首诗反映了曼殊“同爱他的女子之间的感情已达到了相当深邃的地步”。

（六）

乌舍凌波[1]肌似雪，亲持红叶索题诗。[2]

还卿一钵无情泪，[3]恨不相逢未剃时！[4]

注释

［1］乌舍——曼殊自注：“梵土相传，神女乌舍监守天阁，侍宴诸神。”此处指百助。凌波—— 形容女子步履轻盈。曹植《洛神赋》：“凌波微步，罗袜生尘。”

［2］亲持红叶索题诗——曼殊原注：“引唐时女诗人韩采蘋事”。按：宋·李昉《太平广记》载：唐僖宗时，宫女韩氏以红叶题诗，自御沟流出，于佑拾得后，亦题一叶，放到御沟上流，为宫女韩采蘋得而藏之。后帝放宫女三千人，于祐适娶韩氏，既成礼，各于笥中取红叶相示，乃开宴曰：“予二人可谢媒人。”韩氏遂又题一诗云：“一联佳句随流

水，十载幽思满素怀。今日却成鸾凤友，方知红叶是良媒。”此处用此典暗指百助向作者宣达爱慕之情。

［3］还卿一钵无情泪——暗用“绛珠还泪”故事。《红楼梦》第一回载：“既受天地精华，复得甘露滋养，遂脱了草木之胎，幻化人形，仅仅修成女体，终日游于离恨天外，饥餐秘情果，渴饮灌愁水。因得尚未酬报灌溉之德，故甚至五内郁结着一段缠绵不尽之意。常说：‘自己受了他雨露之惠，我并无此水可还。他若下世为人，我也同去走一遭，但把我一生所有的眼泪还他，也还得过了。’”

［4］恨不相逢未剃时——怨恨没有在我未削发为僧之时与你相遇。此句与上句均脱胎于张籍《节妇吟》：“还君明珠双泪垂，恨不相逢未嫁时。”剃——指披剃。按佛规，欲为僧人，须剃除须发，披上袈裟，故称出家为“披剃”。按：曼殊出家后，面对爱情，每每强调“余实三戒俱足之僧，永不容与女子共住者也”（《断鸿零雁记》），“吾证法身久，辱命奈何”（《潮音·跋》），“吾今学了死生大事，安能复恋恋。”（《绛纱记》）故柳亚子断言：“学佛与恋爱，正是曼殊一生胸中交战的冰炭。……无怪他的《本事诗》十章内要说：‘还卿一钵无情泪，恨不相逢未剃时’了。”（见《苏曼殊〈绛纱记〉之考证》）

（七）

相怜病骨轻于蝶，[1]梦入罗浮[2]万里云。

赠尔多情书一卷，[3]他年重检石榴裙。[4]

注释

［1］病骨轻于蝶——喻病后骨销形立，弱不禁风。语出袁枚《随园诗话》卷九：“某公子或溺狭斜，几于得病，父将笞之，公子献诗云：‘自怜病体轻于蝶，扶上金鞍马不知。’父为霁威。”

［2］罗浮——即罗浮山，位于广东东江北岸，为粤中名山。此山特产一种大蝴蝶，大者约六七寸，五色斑斓，相传为麻姑仙女的遗衣所化，而诗人又系粤人，故有“轻于蝶”之遐想。

［3］赠尔多情书一卷——曼殊原注：“余赠以梵本《沙恭达罗》。”按：《沙恭达罗》，印度古典剧本，为笈多王

朝迦梨陀娑所作，取材于史诗《摩呵婆罗多》，写国王豆扇陀和修道者毗舍密多罗养女沙恭达罗历经波折终于美满结合的恋爱故事。剧中描绘了印度古代社会上层阶级的生活和风尚，具有鲜明的民族特色，被认为是梵文古典文学最高成就的代表。

曼殊对此剧可谓推崇备至，他曾在《文学因缘·自序》中言道："沙恭达罗者，印度先圣毗舍密多罗女，庄艳绝伦。此后诗圣迦梨陀裟作《沙恭达罗》剧曲，纪无能胜王与沙恭达罗慕恋事，百灵光怪。传至德，Goethe 见之，惊叹难为譬说，遂为之颂，则《沙恭达纶》一章是也。Eastwick 译为英文，衲重移译，感慨系之。" 又作《沙恭达纶颂》，云："春华瑰丽，永扬其芬；秋实盈衍，亦蕴其珍；悠悠天隅，恢恢地轮，彼美一人，沙恭达纶。"《 潮音·英文自序》："此后余将勉力译成世界闻名之《沙昆多逻（沙恭达罗）》诗剧，盖我佛释迦诞生地印度诗圣迦梨陀裟所著者也。"

［4］他年重检石榴裙——曼殊原注："昔人诗云：'不信比来常下泪，开箱重检石榴裙。"按：石榴裙即指红裙，原诗见于武则天《如意娘》："看朱成碧思纷纷，憔悴支离为忆君。不信比来常下泪，开箱重检石榴裙。"

（八）

碧玉[1]莫愁身世贱，同乡仙子[2]独销魂。

袈裟点点疑樱瓣[3]，半是脂痕半泪痕。

注释

[1] 碧玉——指刘碧玉，汝南王之妾。庾信诗："定知刘碧玉，偷嫁汝南王。"后指小户人家或出身贫寒卑贱的美女。古乐府《碧玉歌》曰："碧玉小家女，不敢攀贵德。"按：此指百助。从诗境看，当系百助自叹身世后诗人的劝慰之辞。

[2] 同乡仙子——指百助。柳亚子曾以"同乡"二字，推断曼殊"承认自己是日本血统，所以他认为百助是同乡"。（《对于曼殊研究草稿的我见》）。

[3] 樱瓣——樱花多呈五瓣，红白相间。罗建业认为此二句系模仿"山斋饭罢浑无事，满钵擎来尽落花"，却悲艳绝伦，可谓青出于蓝。（《苏曼殊研究草稿》）对这两句诗，曼殊甚为自得，曾刻为印章。

（九）

春雨楼头尺八箫[1]，何时归看浙江潮？[2]

芒鞋[3]破钵无人识，踏过樱花第几桥。[4]

注释

［1］尺八——一种日本箫。作者原注：“日本‘尺八，与汉土洞箫少异，其曲有名《春雨》殊凄惘，日僧有专吹尺八行乞者。”《燕子龛随笔》记之稍详：“日本‘尺八’，状类中土洞箫，闻传自金人，其曲有名《春雨》，阴深凄惘。余《春雨》绝句云：“春雨楼头尺八箫。”按：首句将三个名词并置，从“春雨”“楼头”“尺八箫”这三个意象看，皆具有一种迷蒙飘忽、阴深凄惘的古旧情调（这与诗人那种粘连着传统文化的审美意向甚为契合），不妨将此视为诗人主观情绪的“对应物”。

［2］何时归看浙江潮——作者原注：“昨秋养病武林。”按：1908年9月，曼殊自日本回上海，忽患痢疾。中旬，

至杭州西湖住白云庵南楼，数日转至韬光庵，函召刘三来。故于1909年5月26日驰函刘三："昨秋西湖之会，尚形梦寐间也。"武林，杭州的别称，原名虎林，避唐高祖李渊讳，改称武林。《汉书》："钱塘县有武林山，武林水所出。"

浙江潮——即"钱塘潮"，浙江省杭州湾钱塘江口的涌潮，以每年夏历八月十八日在海宁所见的为最。因钱塘汇潮汐为完储二山所束，入海处口广而内狭，呈喇叭形。当海潮澎湃而来和江流相冲击时，势极湍悍，涛头壁立，有如万马腾空，千军呐喊，形成自然界之壮观。1908年9月，曼殊自杭州驰函刘三云："前丹生兄来纸已涂就，乞公为题：'楼观沧海日，门对浙江潮'数字致之。"按："楼观"一联见宋之问《灵隐寺》诗。亦有论者认为系骆宾王所作。"浙江潮"在此可视为祖国之代称。杨天石、刘彦成在《南社》中认为"是在日本怀念祖国的诗""被认为是曼殊的代表作"。按：此论虽不无道理，但真正的诗人在创作中总是避免纯粹的、单一指向的叙述，至多只是一种"伪陈述"。只有放弃那种从某种理念出发的路数，使诗不是黏附于它的"观念性""思想性"，而是依赖其高度的文学性，方能获致超越时空的审美价值。从这个意义上说，对此句似不应执着于某种"史实"，更不必以概念上的对应作单一的解释。至于将其简化为"在日本怀念祖国的诗"，由于忽略了诗人在创作中非理性、潜意识等在创作中的作用，终嫌肤浅。

[3] 芒鞋——草鞋。古时僧人所穿。罗建业在《苏曼殊研究草稿》中评说这两句"是模仿陆游的'此身合是诗人

未？细雨骑驴入剑门’的，可惜太深了，真意反为所掩，喑而不明，逊于原作。”窃以为论诗似不能如是作随心逞臆的比附。“无人识”三字，实际上道出了曼殊作为一个在文化性格上与传统文人迥然有别亦与同时代知识分子决然不同的“通体矛盾”的天才者的全部悲哀，从而使“孤独”与“迷惘”这两个文学中常见的人生母题，在此诗中以一种巨大的哲学与历史内涵深刻地显现出来。

从语气性质上看，此句为否定句。诗人所极力否定的，是“人”（他人）对“芒鞋破钵”（诗人自称）的“识”。但细加咀嚼，便会发现，诗人对“识”的否定，隐隐中又含有强烈的肯定意味；也就是说，诗人所真正关心的，不是“不识”，而是“不识”所指向的相反内容：渴望世人的理解——这正是消解“我”与“世人”的隔膜、对立关系的重要媒介。

又，在诗艺上，熊润桐在《苏曼殊及其〈燕子龛诗〉》中对其备极推崇，认为：“我们把这首诗读了之后，闭目凝思，仿佛真正见到一个芒鞋破钵的孤僧，手持寒锡，在那樱花上踽踽独行的样子。——并且从这里面，可以窥见他那一副‘落叶哀蝉’的身世。……他这首诗只寥寥二十八个字，已经把他自家的一生完全笼罩起来了。好像望远镜一样，那块镜片虽然一寸大左右，但它里面一望，却有无限江山，耐人观赏。哦！这真是何等手腕哟！”郑逸梅在《南社丛谈》中赞曰：“《本事诗》一绝：‘春雨楼头尺八箫。’‘在灵明镜中，尤为出神入化。’”而朱大可却谓：‘诗有语病，既在楼头吹箫，何以又托钵过桥？且第二句提及‘浙江潮’，三四句不从此着想，衡以诗法，也太疏忽。’各有看法，奈不能起曼殊于地下而加以商榷。”按：朱氏的批评，其实是大可商榷的。事实上，凡诗皆难免有“语病”，因诗人的任务并不是将吟咏对象纳入理性思维的范畴进行逻辑加工，而是打破现实世界的正常秩序，建构一种“悟性空间”或“第三种现实”，从而将某种个性化情感体验或复杂经验升华得具有普遍意义。

［4］“踏过”句——此句中的“樱花”，在此当视为一种象征。所谓象征，即诗人在意象与某种意义之间所建立的隐秘联系，它能使蕴涵在感性直觉形式之中的文本的题旨、意蕴，获得多义性的美学升华，从而完成有限形式向无限内容的直接显示。又，根据西方新批评派的观点，象征，系由语境的压力形成，又指引着全文的读解。很显然，“芒鞋破钵”与“樱花”，其中的语境压力过大，透示出“樱花”绝非写实之笔，而只能是一种象征，一种无望的爱情的象征。又，“过”字作为“诗眼”，在此下得殊妙，是依恋、淡漠，抑或是追慕？隐含着极其丰富的感情信息，它使此诗摆脱了“历史的外在现象的个别定性”（黑格尔语），而成为中国近代知识者那种“梦醒了无路可走”的普遍心态的象征形式。

（十）

九年面壁成空相，[1]持锡归来悔晤卿[2]。

我本负人今已矣，任他人作乐中筝[3]！

注释

[1] 九年面壁成空相——此语重出，参看《忆刘三、天梅》注。

[2]持锡——手持锡杖（亦称禅杖），指行脚僧四方云游。锡杖高与眉齐，头有锡环，原为僧人乞食时，振环作声，以代叩门，兼防牛犬之用，是比丘常持的十八物之一。《锡杖经》云："佛告比丘，汝等当受持锡杖，所以者何？过去、未来、现在诸佛皆执故。"又据《祖庭事苑》："西域比丘，行必持锡，凡至室中，不得着地，必挂于壁牙上。"卿，指百助。

[3] 作乐中筝——作者原注："南汉黄捐词云："愿作

乐中筝，得近佳人纤手指。”按：此处反用其意。按：曼殊不怨萍絮无情，而反躬自嗟其薄幸，固非特忏除绮障之意矣。

注者按：曼殊《本事诗》发表后，一时好评如潮，南社诸友争相奉和。又，由于和者皆为与曼殊交谊颇深的契友，故对曼殊这组诗的相关语境、意境乃至“本事”，自有超逾常人的解会；细加茗味，或可深化对诗旨的体识。本乎此，姑将陈独秀、柳亚子等人之和诗一并附后，供读者参印。

第一首：陈独秀和诗：“双舒玉笋轻挑拨，鸟啄风铃珠碎鸣；一柱一弦亲手抚，化身愿作乐中筝。”

柳亚子和诗：“智慧难参欢喜果，人天底得不平鸣；新诗谱出消魂史，不为灵箫却为筝。”

高天梅和诗：“相逢应了前生愿，绮恨偏从弦上鸣；春士善愁秋女怨，最移情算八云筝。”

蔡哲夫和诗：“美人心事英雄泪，无限辛酸共一鸣；谁省浮阳凄绝后，有人更感八云筝。”

第二首：陈独秀和诗：“深夜沉香沄甲煎，隋皇风雅去茫然；羊车我若过卿宅，细饮番茶话夙缘。”

柳亚子和诗：“春病恹恹镇日煎，爱河恨海泪茫然；缠绵情话无端甚，亦是三生未了缘！”

高天梅和诗：“金粟如来空说法，我闻如是意凄然；可能芍药将离酒，重订云英再见缘。”

蔡哲夫和诗：“青灯煮梦惊寒夜，低唱君诗益惘然。绮障弥天谁忏却，姑同欢喜话因缘。”

第三首：陈独秀和诗："淡扫蛾眉朝画师，同心华髻结青丝；一杯颜色和双泪，写就梨花付与谁？"

柳亚子和诗："迩叶阿难是本师，沾泥禅絮已无丝；已愁荡气回肠侯，不恋佳人更恋谁？"

高天梅和诗："不信华严成小劫，红蚕春病尚抽丝；黄金未把名花铸，脉脉灵犀欲语谁？"

蔡哲夫和诗："法眼久知空世界，只无慧剑断情丝；阿难成体休轻毁，细认摩登伽是谁？"

第四首：陈独秀和诗："情妆高阁鸣筝坐，羞为他人工笑颦；尽日欢场忙不了，万家歌舞一闲身。"（此诗各本均误为曼殊作，而"愧向尊前说报恩"一首各本均无收入，今据文芷《曼殊上人诗册》载《艺林丛录》第五编改之。）

柳亚子和诗："伤心影事八云筝，曾隶妆台伺笑颦；着袂天花消不得，银灯影里比肩身。"

高天梅和诗："怨已难笺况感恩，发香梦醒尚含颦；前生鹦鹉今生佛，出入人天总一身。"

蔡哲夫和诗："最难消受美人恩，怕惹郎愁黛敛颦；早欲皎依摩洁去，如花争不自由身。"

第五首：陈独秀和诗："少人行处独吹笙，思量往事泪盈盈；缺憾若非容易补，报答娲皇炼石情。"

柳亚子和诗："珍重亲调雁柱筝，泪波双眼自盈盈；才人浪说逃禅好，争奈逃禅尚有情！"

高天梅和诗："碧栏十二倚吹笙，叠叠霓裳秋思盈；天女拈花迩叶笑，人间安用是痴情。"

蔡哲夫和诗："凭肩灯下听瓶笙，一缕茶烟斗室盈；照见并头杯茗里，停杯无语不胜情。"

第六首：陈独秀和诗："目断积成一钵泪，销魂底得十篇诗；相逢不及相思好，万境妍于未到时。"

柳亚子和诗："事到难言唯有泪，人犹无着况于诗？伊谁精铁阑干铸，孤负逢卿未嫁时！"

高天梅和诗："四壁西厢都画罢，老僧击钵再吟诗；无明有爱参平等，十种楞严礼顶时。"

蔡哲夫和诗："伏枕含羞濡风笔，蛮钱索写定情诗。低头撅带叮咛语，记取新欢浓盎时。"

第七首：陈独秀和诗："多才天子神山女，未必高唐定雨云；相见烦君惟一曲，不教红泪落湘裙。"

柳亚子和诗："最是维摩愁示疾，何曾神女爱行云？悲欢离合从头数，瘦尽腰肢峡蝶裙。"

高天梅和诗："休憎柳絮东风影，传说高唐有雨云。弹出离鸯新曲谱，两行红泪湿夏裙。"

蔡哲夫和诗："已教琴操皎禅悦，莫遣分飞苎彩云；美眷如花年似水，春人珍重合欢裙。"

第八首：陈独秀和诗："湘娥鼓瑟灵均法，才子佳人共一魂；暂忍悲酸争万劫，青衫不见有啼痕。”

柳亚子和诗：“莺花易了今生梦，贝叶难招旧日魂；古殿斋心人寂寞，袭裂亲为检啼痕。”

高天梅和诗：“面壁好参欢喜果，古禅灯畔病销魂。难除结习销魔障，记取袈裟认酒痕。”

蔡哲夫和诗：“似此佳人难再得，值君为渠断吟魂。遥知省梦诗成夜，不辨啼痕与墨痕。”

第九首：陈独秀和诗：“空劳秦女为吹箫，孤负天门上下潮；周郎未遇春衫薄，沽酒无颜过二桥。”

柳亚子和诗：“憔悴人间乞食箫，微茫情海自生潮；娲皇倘有天能外，乌鹊填空不用桥。”

高天梅和诗：“丽姝少住樱花岛，一夜相思海上潮；临去秋波刚一转，惹人抵死梦红桥。”

蔡哲夫和诗：“我亦多情慕之子，无端绮梦逐春潮；片时飞入秋津岛，踏碎樱花过板桥。”

第十首：陈独秀和诗：“昭王已死燕台废，珠玉无端尽属卿；黄鹤孤飞千里志，不须悲愤托秦筝。”

柳亚子和诗：“割慈忍爱无情甚，我有狂言一问卿；是色是空无二相，何须抵死谢调筝？”

高天梅和诗：“文君白首诗何怨，薄悻人争笑长卿；如许才华谁赏识，为君青眼奏银筝。”

蔡哲夫和诗：“底事相逢还避面，画图享已识卿卿；漫滇游婿来狂客，斜倚银屏索弄筝。”

次韵奉答怀宁邓公

相逢天女赠天书，[1]暂住仙山[2]莫问予。

曾遣素娥[3]非别意，是空是色[4]本无殊。

题解

此诗是凌拪秀抄寄给柳无忌的。1927年5月21日，凌拪秀驰函柳无忌，内云："曼殊上人诗文艳绝尘寰，每于杂志中见上人作品，辄录之以实锦囊，唯恨未克窥全豹之憾。今闻报见《苏曼殊诗集》之刊行，购而诵之，不觉扑去俗尘三斗也。就余所及，尚有上人诗一首，此集未载，特录呈以供同好。'相逢天女赠天书。'此系曼殊答友人而作，其友有'何处沧波问曼殊'之句，此绝步其原韵答之。"此诗题各本均作《答邓绳侯》，此题系从蔡哲夫所藏曼殊墨迹中录出。（参看《艺林丛录》第五编文芷《曼殊上人诗册》）

关于邓绳侯原诗的相关记载，见于曼殊在1906年所做的《画跋》，内云："怀宁邓绳侯先生艿孙，为石如老人（清代著名书法家）之曾孙，于其乡奔走教育。余今夏至皖江，就申叔（刘师培的号）之招，始识先生，与共晨夕者弥月。后余离皖之沪，月余，申叔亦来，出先生赠余绝云：'寥落枯禅一纸书，欹斜淡墨渺愁予。酒家三日秦淮景，何处沧波问曼殊？'今别先生，不觉半载，积愫累欷，何云不感？"次韵——指依照原诗的意思和用韵作诗。怀宁邓公——邓艿孙，字绳侯，安徽怀宁人。曼殊1906年在芜湖皖江中学任教时的朋友，又是1912年冬至1913年夏在安庆高等学堂任教时的同事。两人交往极密，情谊甚笃。

注释

［1］天女——即"散花天女"，佛教故事里的人物。《维摩经·观众生活》载：维摩室中有一天女，以天花散到各个菩萨和声闻弟子的身上，用意在于试他们的道行。结果，散到菩萨身上，花都坠落；到大弟子，花便粘着不坠。天女说："结习未尽，花著身耳。"此处借以比喻用挑逗的方式来考验自己的禅心是否坚定的女子。疑指百助眉史。天书——即"无字天书"。传说九天玄女赠给凡人用以指点迷津的神书。书中平时无字，当需要时则显示出一些费解的文辞。这里比喻"天女"所投赠的信函，有情耶？无情耶？未易一言以断。

［2］暂住仙山——曼殊1909年4月9日自日本给邓绳侯的信说：“现居江户，一无所事。”仙山，指日本，因日本古称浪洲，为传说中的三神山之一。此句系对邓诗第四句的回复。

［3］遣——排遣，遣送。这里指分手。素娥——月宫嫦娥的别称，古诗词常用以称代女子。这里疑指秦淮河上的歌伎金凤。因为曼殊在皖江中学时曾与邓有过一段涉足秦淮歌场伎院的生活，所以邓诗有“酒家三日秦淮景”句。

［4］是空是色——“空”和“色”皆为佛教哲学名词。“空”是指主观意念。“色”是指客观实在。此句借佛教“色即是空，空即是色”的观念，意在表明：无论现在跟“天女”在一起，还是过去与“素娥”分离，皆毫无二致，没有一点区别。

游不忍池示仲兄

白妙轻罗薄几重，[1]石栏桥畔小池[2]东。
胡姬[3]善解离人意，笑指芙蕖寂寞红[4]。

题解

此诗作于1909年夏天。自蔡哲夫所藏曼殊墨迹录出。(参看《艺林丛录》文芷《曼殊上人诗册》)不忍池——在日本东京上野公园，以养植莲花著称。仲兄——陈仲甫，即陈独秀。

注释

[1]白妙轻罗薄几重——此句从李商隐《无题》“凤尾香罗薄几重，碧文圆顶夜深缝”中化出。作者原注：“日

人称里衣之袖曰‘白妙’。”

[2] 石栏桥——指通天桥，在东京上野公园。小池——指不忍池。

[3] 胡姬——本指北地胡人之女子，唐代称旅居长安侍酒的西域女子。此借指日本女子。

[4]芙蕖——荷花之别称。寂寞红——语出元稹《行宫》：“寥落古行宫，宫花寂寞红。”

代柯子柬少侯

小楼春尽雨丝丝，孤负添香对语时。[1]

宝镜有尘难见面，[2]妆台红粉画谁眉？[3]

题解

此诗作于1909年春末，初刊于1910年12月《南社》第三集。这是代朋友致知交之作。全诗借男女相思之意，寄托对挚友相别之深情。柯子——章士钊的号。章字行严，又号秋桐、孤桐、烂柯山人，湖南长沙人。是曼殊1903年在《国民日日报》时的同事。后来在东京，两人“形影相依”“纵迹最密”。（章士钊语）简——原指信札，此用作动词，犹言寄信。少侯——疑即孙少侯。名毓均，号夬公，安徽寿州人。曼殊1907年在东京相识。以后时有书信来往。

注释

［1］孤负——即“辜负”。《后汉书·马皇后纪》：“臣叔父援，孤恩不报。”李贤注：“孤，负也。”添香对语——一边在香炉里加添香料，一边晤谈。唐诗：“红袖添香夜读书。”此句乃情至之语，意谓因少侯不来，“孤负”了当年的“添香对语”之谊。

［2］宝镜有尘难见面——借镜子因长期不用积满灰尘，竟难照见自己的容貌。此乃双关之喻，即“难见面”的表面原因似乎是“宝镜有尘”，实则是因“少侯不来”。

［3］末句进一步强化诗旨。意谓契友不来，不堪为状。语本《诗·卫风·伯兮》：“自伯之东，首如飞蓬；岂无膏沐，谁适为容？”

寄广州晦公

忽闻邻女艳阳歌[1]，南国诗人[2]近若何？
欲寄数行[3]相问讯，落花如雨[4]乱愁多！

题解

此诗初刊于1910年12月《南社》第三集，题为《寄晦闻》，柳亚子断为去年上半年居日本时的作品，可从。此诗别见于1912年4月19日《太平洋报》的附张《太平洋文艺集》所载高旭（钝剑）的《愿无尽庐诗话》。此题系从蔡哲夫所藏曼殊墨迹中录出。（参看《艺林丛录》第五编文芷《曼殊上人诗册》。

高天梅在《愿无尽庐诗话》中称这段时间所写的几首诗，"有弦外音，可使旗亭女子歌之，何必再唱《黄河远上》也！"晦公（1973—1935年）——对黄节的敬称。黄节，原名玉昆，又名纯熙，字晦闻，号晦翁、佩文、黄史氏，甘竹滩洗石人。广东顺德人。1902年在上海与邓实创办《政艺通报》，介绍西方文明，宣传强国思想。1905年，倾其资产，与章太炎、刘师培等人创办国学保存会，又创办以“保种、爱国、存学”为宗旨的《国粹学报》。1912年创办《天民日报》，主张发扬民义，伸张民权。1915年，袁世凯密谋称帝，撰文痛切评论立宪之悖谬，因遭袁氏仇视。晚年在北京大学、清华大学任教，思想较为保守，但在政治大节上风骨铮铮。1935年1月24日，病逝于北京寓宅。平生著述亦颇丰，主要在《黄史》《中国通史》《中国文学史》《蒹葭楼诗》《诗旨变雅》等。曼殊1907年住国学保存会藏书楼时，与黄节相识，以后来往较密，时有诗画相赠。

注释

[1] 艳阳歌——在惠风和畅的明媚春光中歌唱。马以君认为系指俗曲《艳阳天》，其辞为“艳阳天，和风荡荡，杨柳依依。”（此曲收入清人华广生所编《白雪遗音》）亦可从。

[2]南国诗人——指晦公。因黄晦闻工诗文，擅书，为“岭南近代四家”中之佼佼者，籍贯又在南方，故称。

[3] 数行——此谓信札。曼殊1909年5、6月间自日本给邓秋枚、蔡哲夫信说：“晦公来沪亦已定行期否？”

［4］落花如雨——形容残花因风雨骤然飘落。似从李贺《将进酒》“况是青春日将暮，桃花乱落如红雨”句中化出。曼殊《文学因缘·自序》云：“比随慈母至逗子海滨，山容幽寂，时见残英辞树。”亦可参。此处以“乱愁”似“如雨”的“落花”，隐喻怀友之意。此乃善用曲笔之法，如径言惆怅凭栏，诗味便觉寡淡矣。

谒平户延平诞生处

行人遥指郑公石[1]，沙白松青夕照边；

极目神州余子[2]尽，袈裟[3]和泪伏碑前。

题解

此诗作于1909年夏天。初刊于1909年12月《南社》第一集，题为《过平户延平诞生处》。后又刊于1914年5月《民国》第一号，题为《过郑成功诞生处》。此题是从蔡哲夫所藏曼殊墨迹中录出。

平户——日本长崎县的一个市镇。延平——指郑成功（1624—1662年），名森，字大木，福建南安人。父名芝龙，母是日本人。明清之际收复台湾的名将。明永历元年七月封为延平公，十五年晋封为延平郡王。郑成功坚决反对其父郑芝龙屈辱降清，于清顺治三年（1646）毅然起兵抗清。清康熙二年（1661）进兵台湾，驱逐荷兰殖民者，次年收复全岛并以此为根据地，联络志士，坚持抗清斗争。按：郑成功在清末民初尤其是留日学生中大受推崇的一个重要原因，不仅在于他被赋予追求“自由”“独立”的侠魂，还在于他身上流淌着被誉为日本武士道精神的日本血缘。由于曼殊与郑成功颇多相似之处，故在侪辈中备受青睐，陈去病就曾将曼殊比况为郑成功，他在《题曼殊童时摄影》中赞曰：“正朔天南奉盛明，孤忠唯有郑延平，百年更见田中姬，一样宁馨裹锦绷。”——缘于以上诸因，当船行经“郑公石”时，曼殊激动不已，竟舍舟登岸忘情地伏在碑前，涔涔而下的热泪如断线之珠，洒落在酒渍斑斑的袈裟上。按：曼殊虽身为僧人，却能懔然于匹夫之责，与时代的脉搏丝丝入扣，他的愤慨、忧思，尽在此伏碑一哭中！

注释

［1］郑公石——又称“儿诞石”，为一块不甚高大之岩石，相传郑成功诞生于石上，故名。

［2］神州——中国的别称。战国齐人邹衍创立“大九州”学说，称“中国名曰赤县神州，赤县神州内自有九州”。（见《史记·孟子荀卿列传》）余子——指清末的仁人志士。

［3］袈裟——意思是“坏色”。和尚披在外面的法衣，又名“百衲衣”，用一些长方形的杂碎布片拼缀制成。碑——

指儿诞石东侧之纪念碑，正面书云：郑成功儿诞石，背面有碑文一千五百字，记述郑成功生平梗概。——诗人在末句中颇有以郑成功自况之意；在他看来，唯有郑成功才是天下真正的英雄。

题《师梨集》

谁赠师梨一曲歌[1]？可怜心事正蹉跎[2]！

琅玕[3]欲报何从报？梦里依稀认眼波。

题解

本诗作于1909年春末。初刊于1910年12月《南社》第三集。另见于1912年4月19日《太平洋文艺集》高旭《愿无尽庐》及《民国》第三号，题目改为《英吉利女郎赠〈师梨集〉》。

关于此诗的本事，曼殊在《燕子龛随笔》中有所记述：1909年3月，曼殊在南京偶遇蔡哲夫，蔡氏随即将英吉利莲华女士赠予英国驻沪领事佛莱蔗，再由佛莱蔗赠给他的《室利诗集》（即《师梨诗集》）转赠给曼殊。曼殊十分高兴，遂请章炳麟题词于书端，章炳麟濡笔题曰："师梨所作诗，于西土最为妍丽，犹此土有义山也。其赠者亦女子，展转移被，为曼殊阇梨所得。或因是悬想提维，与佛弟难陀同辙，于曼殊为祸为福，未可知也。”按：《师梨集》，即《室利诗集》通译《雪莱诗集》。1912年5月，曼殊又把该书转赠黄侃。之后，黄侃之子黄念田将其献出，现珍藏于北京图书馆。（参看徐敏《苏曼殊的遗物〈室利诗集〉》）

师梨（1792—1822年），一译室利，通译雪莱，生于贵族家庭，英国19世纪杰出的积极浪漫主义诗人，与拜伦齐名。因主张无神论和参加爱尔兰的民族独立运动，受到统治阶级迫害，于1818年离开英国，侨居意大利，与拜伦时相往来。不久因覆舟溺死海中，年仅30岁。其作品富有对专制暴政的反抗精神，以及对自由、对爱情的追求和对理想社会的向往。代表作有《西风歌》《云雀歌》《解放了的普罗米修斯》等。曼殊在《潮音·自序》中对其盛赞道：“师梨是英国最伟大的诗人之一，他虽然是个恋爱的信仰者，但审慎而有深思”“他的诗象月光一般，温柔的美丽，恍惚的静止，在沉敦恬默的水面映影着”“他的早年惨死，将要永久悲恸，有象英国文学一样长存着。”

注释

[1] 一曲歌——指《师梨诗集》。

[2] 蹉跎——失意貌。1909年5月29日，曼殊自日本

驰函刘三云："弟近日心绪，至无聊赖。"

［3］琅玕——似玉的美石。比喻极其贵重，此指《师梨诗选》。按：曼殊对雪莱的诗评价很高，在《燕子龛随笔》中说："英人诗句，以师梨最奇诡，而兼流丽，尝译其《含羞草》一篇，峻洁无伦，其诗著合中土义山（李商隐）、长吉（李贺）而镕冶之者。"在《题师梨诗选》中又云："师梨为诗，于西土最为芬艳。"

失　题

斜插莲蓬美且鬈[1]，曾教粉指印青编[2]。
此后不知魂与梦，涉江同泛采莲船。[3]

题解

此诗初刊于1912年4月19日《太平洋报》的附张《太平洋文艺集》中高钝剑的《愿无尽庐诗话》中。1909年大约3、4月间，曼殊尝驰函邓秋枚、蔡哲夫，内云："近得数绝，布鼓雷门，不敢言诗也。"此诗即附其后。足见该诗作于是年的春夏之交。此诗题为"失题"，即常见的所谓"无题"诗。这类诗多反映爱情生活，偏偏把具体的内容隐去。从诗的内容看，似为诗人打开书卷，看到一个女郎的照片，有感而作。至于这张照片上的女郎，疑即为曼殊殉情的"静子"。对此，曼殊的好友黄侃、张卓身知之较详。据徐敏《苏曼殊的遗物〈室利诗集〉》介绍："黄侃一日：'子谷（曼殊的字）尚有逸事，平生信誓，不宜宣之于文。'再曰：'他世好相逢。'这个日本女子（指照片中人）似应是为曼殊殉情而死的。这个女子为谁？曼殊在《断鸿零雁记》中描写了一个静子，说是他的表姐。又据念田（黄侃的儿子）先生说，关于这张照片，他曾问过他的父亲，父亲只向他透露了一点消息，说：'这就是为曼殊蹈海而死者。'曼殊作画，也似为了悼亡而署名为'静子'。由此看来，《断鸿零雁记》中的静子，是确有其人的了。"张卓身在《曼殊上人轶事》中说："曼殊高尚敏慧，素为其姨母所钟爱。有姨表姐静子，幼时与曼殊同游，两小无猜。其后姨母欲为撮合，静子亦以情志相契，终身默许，非曼殊不嫁。姨母乃以钻戒赠曼殊，永留纪念，不啻为订婚之礼物。无如曼殊访道名山，年年作客，萍踪无定。又以梵行清净，未便论娶。以至婚事延期，蹉跎复蹉跎，而静子竟以积愁成疾，郁郁逝世。"

注释

［1］莲蓬——作者原注："莲蓬即 Ribbou 。"指缎带打成的莲花结。美且鬈——头发秀美而弯曲。语出《诗经·卢令》："其人美且鬈。"毛传："鬈，好貌。"据徐敏《苏曼殊的遗物〈室利诗集〉》介绍："诗集的第八页，背面，贴有一张五彩的日本女子照片。她身穿和服，高髻云鬟，簪

粉红色花一朵，恬静秀丽。”又据《断鸿零雁记》载：“静子此际作魏代晓霞妆，余发散垂右肩，束以瞿带，迥绝时世之装，腼腆与余为礼，益增其冷艳也。”

［2］粉指——沾有梳妆粉的纤指。语本周邦彦《秋蕊词》：“午妆粉指印窗眼。”青编——犹言青简，即书籍。《后汉书·吴祐传》：“欲杀书简，以写经书。”按：古人以竹简为书，以绳联结，为之“编”。后遂沿称书籍为青简或青编。

［3］“此后”两句——此为倒装句，意谓相与泛舟采莲之乐，今后恐怕只有托诸梦寐了。情真韵纯，诵之凄婉欲绝。

过若松町有感

孤灯引梦[1]记朦胧，风雨邻庵夜半钟。

我再来时人已去，涉江谁为采芙蓉？[2]

题解

此诗初刊于1909年12月《南社》第一集，后又刊于1914年7月《民国》第三号，题目改作《孤灯》。这首诗的写作时间和背景，大体与上首相同。若松町——长崎县市镇。大概是作者同“静子”相会之所。

注释

[1] 引梦——引入相思之梦。

［2］涉江谁为采芙蓉——“谁为涉江采芙蓉”的倒装。语出《古诗十九首·涉江采芙蓉》：“涉江采芙蓉，兰泽多芳草，采之欲遗谁？所思在远道。”芙蓉，莲花的别名。曼殊《燕子龛随笔》：“‘涉江采芙蓉’，芙蓉，当译作lotus。”

过若松町有感示仲兄

契阔死生君莫问，[1]行云流水一孤僧。[2]

无端狂笑无端[3]哭，纵有欢肠已似冰。

题解

此诗初刊于1911年6月《南社》第四集。写作时间和背景与上首相同。据柳无忌《苏曼殊及其友人》所载：“此时仲甫亦在日本，和曼殊往来甚密。曼殊的《过若松町有感示仲兄》，仲甫的《题〈梵文典〉》诗，都是这时期的作品。”按：陈仲甫的 《曼上人述〈梵文典〉成，且将次西游，命题数语，爰奉一什。丁未夏五》：“千年绝学从今起，愿罄全功利有情”云云，当为1907年作。但柳亚子在《苏曼殊诗年月考证》中则将其“定为1909年上半年的作品”。从此诗的题材和背景看，与《过若松町有感》大致相同，应以柳说为是。任访秋在《苏曼殊论》一文中，认为此诗“说明一个富于感情的诗人，但却要作断绝尘缘、泯灭五情的比丘，这是多么的不可能。但曼殊以最大的克制力来抵御外缘的侵袭。表面上似乎是行云流水，悠然自得，可是心灵深处的痛苦，又使他不能不发露出来，这就表现有‘无端狂笑无端哭’的样子，像是一个神经上有毛病的人，而实际上这正是他思想感情的如实写照”。仲兄：对陈独秀的敬称。陈仲（1879—1942 年），原名乾生，一名由己，又名独秀，字仲甫，号实庵，又号仲子，安徽怀宁人。早年在日本与曼殊开始交往，后为曼殊在《国民日日报》任翻译时的同事，过从极密，交谊甚深。柳亚子认为曼殊生平第一个得力的朋友，就是陈独秀，大抵汉文和英文、法文都曾受他指教。曼殊所作诗文，不少亦经陈独秀修改润饰；以故，曼殊在《文学因缘·序》中称之为“畏友仲子”。

注释

［1］契阔死生——契阔：契，会合；阔，分开。此为偏义复词，取“契”意，语出《诗经·邶风·击鼓》：“死生契阔，与子成说，执子之手，与子偕老。”此为丈夫对妻子所言，意谓生死相守，白头偕老。此句意谓无法做到“契阔死生”，只能断绝姻缘，故言“君莫问”。君——指仲兄。

［2］行云流水一孤僧——此句顺承前句，先果后因，点明自己身为行脚僧，放荡不羁，随处漂泊，以此表明不能“契阔死生”的原因。

［3］无端——无缘无故。

樱花落

十日樱花作意开，[1]绕花岂惜日千回。[2]
昨宵[3]风雨偏相厄，谁向人天诉此哀！
忍见胡沙埋艳骨[4]，空将清泪滴深杯。
多情漫作他年忆，一寸相思一寸灰。

题解

此诗各本无收，此录自霍洁尘所编《苏曼殊诗酬韵集》。诗题下有原注，云："七律逸诗，君侠见于友家。"从诗之风格、意境看，当为曼殊所作。至于所咏内容，则与《失题》《过若松町有感》《过若松町有感示仲兄》等作品颇为相类，皆为怀念已故情人"静子"的，故疑作于1909年夏。樱花落——此喻日本姑娘"静子"香消玉殒。樱花，蔷薇科，落叶乔木，春末开花，呈白色或粉红色，殊为艳丽，微透芳香，为著名观赏植物。日本视之为国花。

注释

［1］十日樱花——观赏樱花的最佳时期，黄遵宪《樱花歌》："十日之游举国狂，岁岁欢虞朝复暮。"作意开——语本陆龟蒙《寄怀华阳道士》："衔烟细草无端绿，冒雨闲花作意红。"

［2］绕花岂惜日千回——因爱樱花，不忍遽去，暗喻自己与"静子"情深意笃。

［3］昨宵——昨晚。"宵"字原缺，霍洁尘补回。泪红生在《记曼殊上人》中有一段曼殊对其日本恋人"菊子"死亡后的反映的相关记载，虽被柳亚子称为"传闻异辞"，仍不妨录下备考："君（曼殊）之所以皈依莲座，了却尘缘，固有一伤心情史在。初君在日本，与一日女名菊子者洽，两情缱绻，早咏同心。菊父公爵某君，亦器君为人，故两人婚事，早已默许。惜君父返国时，菊子以疾卒，芳魂一缕，玉陨香消。君闻信大恸，几不欲生，故有此举。然自是益颇放荡，旁若无人。"

［4］胡沙——指日本的泥土。艳骨——语本《红楼梦·葬花词》："未若锦囊收艳骨，一抔净土掩风流。"

淀江道中口占

孤村隐隐起微烟，处处秧歌竞插田。

羸[1]马未须愁远道，桃花红欲上吟鞭[2]。

题解

此诗初刊于1910年12月《南社》第三集，后又刊于1914年5月《民国》第一号，题目改为《蒲田道中》。诗中所述为1909年春间事，应为1909年上半年的作品。此间，他曾驰函邓秋枚、蔡哲夫，云："沙鸥（曼殊别号）月内须赴淀江省母，未克西归。"可见此诗当系写于该年六七月间前往"探母"途中。

1909年初秋，曼殊去日本东京养疴。他按照河合仙开示的地址，终于找到了久欲探望的"姨妈"（实即他的生母若子）的家。其后，若子随在海军服役的丈夫迁往淀江流域，曼殊仍频频前去看望，并对友人径称是去"探母"。

值得注意的是，曼殊以往的诗，大都凄苦悲愁之语，而这首七绝却色彩绚丽，风格明快，显然，这与曼殊享受到母爱的高度喜悦之情是相对应的。读着这些诗，在我们的灵视中，自会闪动出一个骑马吟风的诗人，愉快地徜徉在飘满歌声缀满桃花的原野上，长期沉积在心头的阴霾随风而散，整个生命盈溢着青春的欢悦和活力。淀江——即淀川。日本河名，在京都盘地，为近畿中部低地的主要河流，发源于琵琶瑚，注入大阪湾。其地有巨椋池，夏时莲花盛开。口占——指作诗不起稿，随口吟诵而成。

注释

[1] 羸马——瘦弱的马。此为作者自况。

[2] 上——这里是跃上、进入、映入之意。吟鞭—— 诗人所持之鞭。辛弃疾《鹧鸪天》：“愁边剩有相思句，摇断吟鞭碧玉梢。”此处着一“上”字，妙在“无理而妙”，诗人以夸张性的虚拟之笔出之，极具空灵之感与飞动之势。正是此一“上”字，使我们逃避了所谓理性“决断的严肃性”，而以“游戏“的轻松与诗人一并走进一个”感觉还原“的世界。从诗艺上看，三四句互为因果，诗人之所以“道远而不愁”，只因桃花入眼，栩然心醉。其美感效应归结到一点，就是造成语言的陌生化效果，从而延长读者的感知过程，促其神游于一个比理性化语言所构造的世界更“真实”的审美天地中。

过蒲田

柳阴深处马蹄骄[1]，无际银沙逐退潮。
茅店冰旗[2]知市近，满山红叶女郎樵[3]。

题解

此诗初刊于1909年12月《南社》第一集。别见于1914年5月《民国》第一号，题目改为《淀江口占》。此诗的写作时间与背景与上一首大致相同。蒲田——日本本州地名。

注释

[1] 骄——形容马行矫健轻捷。

[2] 冰旗——茅店里挑出的标志卖冰的旗子。在曼殊的诗里，经常出现这类有异于传统诗歌的"日本意象"，如"绝岛""番茶""尺八"等。

[3] 樵——樵采。此指收集落叶。按：此诗描叙作者"过"蒲田时所见景象，是一首典型的"诗中有画"（即用语言符号完成的空间艺术）的诗。从画面实体来看，此诗由"柳荫""马蹄""银沙""退潮""茅店冰旗""红叶""女郎"诸意象构成一种空间位移，使读者按照诗中画面展开的顺序依次进行观照，最终达到对诗境的总体把握。收笔一句殊妙，当风劲霜严之际，红叶独绚秋光；大自然奔放热烈的生命力通过绚烂的红叶溢散出来，而诗人已然苏醒的生命意识则又借助采集红叶的女郎这一"情绪对应物"彰显出来。正是这种"彰显"，使此诗与一般意义上的写景诗，迥然有异。

落日

落日沧波绝岛[1]滨，悲笳一动剧[2]伤神。

谁知北海吞毡[3]日，不爱英雄爱美人！[4]

题解

此诗初刊于1910年12月《南社》第三集。又见于1912年4月19日《太平洋报》的附张《太平洋文艺集》中所载高钝剑《愿无尽庐诗话》，题目改为《失题》。1909年夏秋之间，曼殊一度与义母河合仙旅行，居于逗子海滨，端居无事，抚今追昔，慨从中来，遂作此诗。

从内容上看，此诗似为与刘三唱和之作，押十一真韵，此有曼殊的《画跋》为证："甲辰，从暹逻之锡兰，见崦嵫落日，因忆法显、玄奘诸公，跋涉艰险，以临斯土，而游迹所经，均成往迹。予以縶身情网，殊悔蹉跎！今将西入印度，佩珊与予最亲爱者也，属予作图。适刘三赠余诗到。诗曰：‘早岁耽禅见性真，江山故宅独怆神。担经忽作图南计，白马投荒第二人。’（《送曼殊之印度》）因画此而别。呜呼，异日同赴灵山会耳！”

注释

［1］绝岛——指日本。

［2］悲笳——笳，一种木管乐器，古以胡地所出，故名胡笳。悲笳指悲凉的笳声。剧——副词，极其、非常之意。曼殊创作此诗时，心绪萧索，情怀抑郁，故在1909年5月26日自日本驰函刘三的信中云：“雪（作者自指）即移住海边，专习吹箫，是亦无俚之极，豫备将来乞食地步耳。”

［3］北海吞毡——典出《汉书·李广、苏建传》：天汉元年（公元前100年），汉武帝所派中郎将苏武出使匈奴被扣留，匈奴贵族为迫使其投降，将其不得归汉，单于百般逼降，苏武坚强不屈。单于乃幽武置于大窖中，不给饮食。苏武啮雪吞毡毛，得不死。匈奴以为神，乃将他迁到北海上无人处，使牧公羊，要公羊生崽始可释放。苏武坚持19年不屈，终获释归汉。此处作者借此典故以苏武自况，抒发对祖国深情的思念。又，作者借用“吞毡”之典，亦寓自己食冰之意。据章炳麟《曼殊遗画·弁言》载，曼殊性嗜冰，“尝在日本，1日饮冰五、六斤，比晚不能动，人以为死，视之

犹有气，明日复饮冰如故。”

［4］英雄：指反清志士。美人，似指调筝人。此句大有自省之意。

题《拜伦集》

西班牙雪鸿女诗人，过存病榻，亲持玉照一幅，《拜伦遗集》一卷，曼陀罗花共含羞草一束见贻，且殷殷勖以归计。嗟乎！予早岁披剃，学道无成，思维身世，有难言之恫！爰扶病书二十八字于拜伦卷首，此意惟雪鸿大家能知之耳！

秋风海上已黄昏，独向遗编吊拜伦。[1]

词客飘蓬[2]君与我，可能异域为招魂[3]。

题解

此诗初刊于1910年12月《南社》第三集。1909年，曼殊自上海途经香港（一作新加坡），谒儿时老师罗弼·庄湘博士，得其女儿雪鸿赠西诗数册。曼殊因病体不支，上岸后住进医院，雪鸿女士前来探望，并赠其《拜伦遗集》一卷。

待病情稍愈后，曼殊前往爪哇中华会馆任教。此诗显系离开香港（一作新加坡）赴爪哇时于舟中所作，并题于该书的卷首上。

关于这首诗，柳亚子在《苏和尚杂谈》中称誉与《题〈师梨集〉》“异曲同工”。熊润桐认为，此诗“虽说是他吊拜伦的，一面实在也是吊他自己。盖曼殊一生行迹多与拜伦相类，拜伦去英国而居希腊，曼殊去中国而居扶桑，同一飘流异域，可不必说。除此之外，还有一椿更相类的事情，就是曼殊之于调筝人，犹拜伦之于雅典女郎。拜伦集中有《留别雅典女郎》诗四章，幽艳入骨，为抒情诗之杰作；而曼殊《燕子龛诗》里面也有几首诗是为调筝人而作的，其一往深情，很足以和《留别雅典女郎》诗相颉颃。”（《苏曼殊及其〈燕子龛诗〉》）鲁迅在《坟·杂记》中说：“苏曼殊先生也译过几首（拜伦的诗），那时他还没有做诗《寄弹（调）筝人》，因此与 Byron 也还有缘。”

拜伦（1788—1822）Byron，又译为裴轮。英国著名的浪漫主义诗人。曼殊平生对拜伦至为崇拜，这其中有着诸多“个人化”的原因。首先，在曼殊看来，他与拜伦在生活上都经常扮演着失却家园的漫游者的角色（拜伦去英国而久居希腊，曼殊去中国而久居日本），饱尝了异域漂流之苦；其次，都有着大致相同的感情经历（如拜伦之于希腊女郎，曼殊之于百助眉史）；复次，都是“以血书者”的文学天才，是被不断增殖的探求欲和创造欲所煎熬的殉自我者。在自始至终充满着生与死、爱与恨的大诱惑大挣扎面前，都是通过艺术创造，征服着欲望、恐怖、孤独和自卑，不断地从心理、社会以及生存压抑的诸种困境中获得解脱与升华；最后，他们的性格气质亦颇为相近，如崇尚率真，忌恨虚伪，狷介孤高，忧郁纤敏，卑己自牧，愤世嫉俗——凡诸种种，构成了曼殊对拜伦狂热崇拜的内在心理基础。

基于这种“崇拜”，曼殊在用英文撰写的《潮音·序》中，盛赞拜伦是英国最伟大的诗家之一，他“生长教养于繁华、富庶、自由的生活中。他是个热情真诚的自由信仰者。”“拜伦的诗象种有奋激性的酒料，人喝了愈多，愈觉得有甜蜜的魔力。它们通篇中充满了神迷、美魔与真实。在情感、热诚和直白的用字内，拜伦的诗是不可企及的。他是个坦白而高尚的人。正当从事于一件伟大的事业，他就到了末日。他去过希腊，在那里曾助着几个为自由而奋斗的爱国者。他一生的生活、境遇与著作，都缠结在恋爱和自由之中。”又，1910年6月，曼殊自爪哇驰函高天梅：“衲尝谓拜伦足以贯灵均（屈原）、太白（李白）。”（参看《本事诗》之三之题解）。

雪鸿——姓罗弼，西班牙马德里人。曼殊从小随学的英文教师庄湘博士之女。工诗文，有才华。曼殊曾托她携英译《燕子笺》去马德里，“谋刊行于欧土”（参看《潮音·跋》）。过存病榻——到病床旁慰问。玉照——指雪鸿的照片。曼陀罗花——又称“风茄儿”“洋金花”“闹洋花”，茄科，一年生草木，夏季开花，花冠漏斗状，白色或紫色。1910年6月，曼殊自爪哇驰函高天梅：“昨岁南渡，舟中遇西班牙才女罗弼氏，……即赠我西诗数册。”又，曼殊在《断鸿零雁记》中有如是记述：“女公子（雪鸿）曳蔚蓝文裙以出，颇有愁容。至余前，殷殷握余手，亲持紫罗兰花及含羞草一束，英文书籍数种见贻，余拜而受之。” 披剃——佛教用语。依佛教戒律规定，和尚须剃须发，披上袈裟。按：曼殊16岁在广州蒲涧寺削发为僧。大家（音姑）——即大姑。古代对女子的敬称，现在广东中山、顺德等地还有称姐辈做“家”的。按：曼殊与雪鸿情意相投，两小无猜，雪鸿曾属意于曼殊，庄湘博士亦欲把雪鸿许配给曼殊（参看《潮音·跋》），故两人心心相印，尝以姐弟相呼。

注释

［1］“秋风”两句—— 此情此境，曼殊于《断鸿零雁记》中有所描画，兹录于下：“俄而海天在眼，余东行矣。”“余徘徊于舵楼之上，茫茫天海，渺渺余怀。即检罗弼大寥所贻书籍，中有莎士比亚、拜伦及室梨全集。余尝谓拜伦犹中土李白，天才也……。乃先展拜伦诗，诵《哈哈尔游草》，至末篇有《大海》六章，遂叹曰：‘雄浑奇伟，今古诗人，无其匹矣。’濡笔乃为汉文。”“余既译拜伦诗竟，循环朗诵。时新月在天，渔灯三五，清风徐来，旷哉观也。”遗编，遗留下来的诗文。

［2］词客——文人。飘蓬——《埤雅》：“蓬，末大于本，

遇风辄拔而旋。”飘蓬即喻人生漂泊无定。

[3]招魂——古代丧礼，招回死者之魂。语出《礼记·丧大礼》：“用神帛招魂。”后泛指死而不得其尸的，都具衣冠招其亡魂而葬。

无　题

君为塞上鸿[1]，我是华亭鹤[2]。
遥念旷处士，对花弄春爵[3]。
良讯东海[4]来，中有《游仙》作[5]。
劝我加餐饭[6]，规我近绰约[7]。
炎蒸困羁旅[8]，南海何辽索[9]。
上国[10]亦已芜，黄星向西落。[11]
青骊[12]逝千里，瞻乌止谁屋？[13]
江南春已晚[14]，淑景[15]付冥莫。
建业[16]在何许？胡尘[17]纷漠漠。
佳人[18]不可期，皎月照罗幕[19]。
九关日已远，[20]肝胆竟谁托？[21]

愿得趋无生[22]，长作投荒客[23]。

竦身上须弥[24]，四顾无崖堮[25]。

我马已玄黄，[26]梵土仍寥廓[27]。

恒河[28]去不息，悲风振林薄[29]。

袖中有短书[30]，思寄青飞雀[31]。

远行恋俦侣[32]，此志常落拓[33]。

题解

此诗初刊于1910年12月《南社》第三集。1909年秋，曼殊自上海至印尼爪哇，任中华会馆的英文教员。

关于曼殊应邀赴南洋任教一事，其背景非常复杂。简括地说，主要缘于孙中山与陶成章因经费之事所发生的矛盾。孙中山一向主张在华南地区组织起义，起义经费基本取自南洋。而陶成章则主张“中央革命”，即在江浙或华北地区发动起义，以“袭取重镇”或“行团体暗杀以扰乱北京”。他提出在南洋筹款五万元以供光复会活动，因遭到孙中山的拒绝，遂联络南洋光复会会员李燮和等人在南洋重组光复会，另谋发展，并强调“以教育为根本”“即令目前无效果可以收得，日后学生长大，必有可望者”。由于当时爪哇华侨学校亟须英文教师，陶成章首先想到“极可靠之人”曼殊；而与光复会的关系一向良好的曼殊，此时正陷入同盟会对他百般误解的痛苦之中，再说此事又为光复会首领陶成章亲自力荐，故决定应邀前往。

又，由于奔波甚剧，曼殊一到爪哇就病倒了，1910年6月8日，曼殊驰函高天梅道："衲行脚南方，药垆为伍，不觉逾岁。"在日与"药垆为伍"的寂处中，他收到未公（即章太炎）自日本寄来的"深于忧患"的新作，这种诗境在曼殊心中激起强烈的共鸣，读罢，曼殊不禁万绪悲凉！原拟与太炎先生联袂赴印度寻求佛法的夙愿已然落空，而劫难未已的祖国带给他的又是冰透骨髓的凛冽感受，身居绝岛，曼殊早就有着太多的话要倾诉，如今瑶章在前，曼殊禁不住伏枕写下这首奉答章太炎的和诗。此诗务求称其心之所欲言而发之，故情挚意殷，寄慨遥深，一种浓重的惆怅，一种砭骨的孤独感，构成了全诗那种空茫无寄却又不无萦系的复杂情调。从风调上看，颇似阮嗣宗的《咏怀》。

从具体写作时间上看，此诗当写于1910年夏季。是年6月23日，他自爪哇驰函高天梅、柳亚子，内云："今去拙诗，尚祈斧政。"所谓"拙诗"即指此诗。

耶婆提——爪哇的旧称。章炳麟（1869—1936年），名绛，号太炎，字枚叔，在他学佛后又别号末底居士，人称未公。浙江余杭人。中国近代民主革命家，国学大师。清末积极从事革命活动，加入同盟会，主编《民报》，昌言革命。曼殊1906年即与他结识，为曼殊的良师益友，章氏常为之诗文、译作作文字润色，并屡为其《梵文典》《曼殊画谱》

作序。尽管如此，但曼殊对章氏在辛亥革命后的某些表现亦深为不满，如在袁世凯当国后，章氏仍就任东北筹边使之职等。1912年3月，曼殊在《答萧公书》中云：“此次过沪，与太炎未尝相遇。此公兴致不浅，知不慧进言之缘未至，故未造访，闻已北上矣。”

旷处士——黄侃（1886—1935年）字季刚，号运甓，别号病禅，旷处士。湖北蕲春人。16岁留学日本，受学章太炎称弟子，创古韵二十八部。又加入中国同盟会。1908年回国，在汉口参与创办《大江报》并参加湖北的辛亥革命。1913年为赵秉钧所迫，出任直隶都督府秘书长，赵氏死后不复仕进。1914年任北京大学教授。1919年创办《国故》月刊。后在清华研究院、东北大学、金陵大学、中央大学任教。又参加国学保存会、孝义会、思辨会。1935年在南京病逝。性狷介，恒与人忤，而词笔高简，著有《三礼通论》《文心雕龙札记》《量守居士词集、诗集》等。曼殊1909年在东京时曾跟他住在一起，以后时有来往。

至于章太炎的原诗，曼殊曾录入《燕子龛随笔》，内云：“余南巡爪哇岛二岁，茫茫大海，渺渺余怀，忽接太炎居士素书，兼其近作《秋夜》一章（即《秋夜与黄侃联句》，和《游仙与黄侃联句》，见《太炎文录》卷二），知居士深于忧患矣。诗曰：‘中原乱无象，披发入蛮夷。忍垢既三岁，裘葛从之移！秋风起初夕，大火忽流西。登楼望旧乡，天柱亦已颓。蠖诎徒为尔，重翼思于飞。谁言乐浪乐？四海无鸡栖。安得穷石君，弹石沧溟池。草木焦已黄，桂树犹萋萋。将非天帝醉，金版资东缇。夏氏竟何罪？种族将无遗！昔人瞻周道，中心犹憯凄 。何况阻海波，咫尺不可跻。邦家既幅裂，文采复安施？先民固有作，终恐遭燔煨。鼠忧亦奚济，鱼烂曾有几？及尔同沉渊，又恐罹蛟螭。愿言息尘劳，无生以为师！’”

注释

［1］君——指章炳麟。塞上鸿——边塞上的鸿雁。因鸿雁是候鸟，秋季南来，春季北去，故用以比喻远离家乡，行迹飘荡的人。按：那时章炳麟正在日本东京从事反满活动，这句暗答章诗前四句。

［2］华亭鹤——比喻行踪漂泊无定。华亭，即古华亭谷，三国吴封陆逊为华亭侯于此，陆机世居该地，后在蜀被陷伏诛，将死，叹曰：“华亭鹤唳，岂可复闻乎！”不久遇害军中。（见《晋书》卷五十四《陆机传》）按：此处曼殊以陆机自比，谓境况困苦，不堪为状。1910年6月23日，曼殊自爪哇驰函奉答高天梅、柳亚子道：“我飘零绝岛，嗟夫！病骨还剩几朝？”

［3］春爵——谓春日饮酒。爵，古代饮酒所用的三足盛器。此指酒杯。语出鲍照《 拟行路难》：“春燕参差风欺梅，开炜对景弄春爵。”

［4］良讯——佳音。指章炳麟的来信。东海——指日本。

［5］《游仙》作——游仙诗一类的诗作，属古典诗词

中的一类，以描述灵异境界以寄托个人情怀。此处大概《游仙与黄侃联句》，载《太炎文录》卷二。

[6]加餐饭——意谓保重身体。语出《古诗十九首·行行重行行》："弃捐勿复道，努力加餐饭。"

[7]绰约——姿态柔美轻盈之状。语出《庄子·逍遥游》："肌肤若冰雪，绰约若处子。"此借指美丽女子。

[8]炎蒸——指南方炎热潮湿的气候。羁旅——久困他乡。1910年6月23日，曼殊自爪哇驰函高天梅、柳亚子："羁旅六月，……南洲暑湿。"

[9]南海——指爪哇等南洋地带。辽索——指环境荒凉空阔。

[10]上国——中国的古称。《左传·定公四年》："吴为封豕长蛇，以荐食上国。"按：春秋时吴地尚为夷狄，故曰"荐食上国"。

[11]黄星——相传轩辕（黄帝）以土德称王，时有黄星出现，被视为祥瑞之象（见《拾遗记》）。此处作者隐忧于中国的沦亡，故云"向西落"。按：就在这年，革命军在广州起义失败，党人刺摄政王不成而被捕，日本帝国主义吞并了朝鲜，设朝鲜总督。他眼看中国在内外交困的重压下濒临灭顶之灾，祖国很可能成为朝鲜之续。曼殊虽客居异邦，仍痛伤国运，故发出"向西落"的忧叹。

[12]青骊——毛色纯黑的马。语本古逸诗《骊驹》："骊驹在门，仆夫具存；骊驹在路，仆夫整驾。"此句意谓章炳麟等革命党人为避杀戮之祸纷纷逃亡国外。

[13] 瞻乌止谁屋——语出《诗经·正月》：“哀我人斯，于何从禄？瞻乌爰止，于谁之屋？”毛传：“富人之屋，乌所集也。”孔颖达疏：“视乌所止，当止于谁之屋乎？以兴视我民人所归，亦当归于谁之屋乎？”以上四句暗答章诗第九至第十二句。

[14] 春已晚——春，在此有双关之意，既指节候，亦指当时的革命形势。

[15] 淑景——美好的景色。曼殊1910年2月28日自日本答平智楚的信说：“武林春晴淑景”。

[16] 建业——南京的旧称。南北朝时期，建业成为南方汉族政权和北方少数民族政权抗衡的政治中心。此句慨叹南北混战，国势阽危，连南北朝时期的建业那样一个中心都没有。

[17] 胡尘——亦有多重指向，既指清族统治者，亦指帝国主义列强。

[18] 佳人——指志同道合的革命志士。

[19] 罗幕——一种轻而薄的织物。语本《古诗十九首·明月何皎皎》：“明月何皎皎，照我罗床帏。忧愁不能寐，揽衣起徘徊。”此句承上句而来，意谓因“佳人不可期”而忧思重重，至不能寐。

[20] 九关——天门九重。《楚辞·招魂》：“虎豹九关，啄害下人些。”此处似指革命党人。按：刘师培自来东京后，公然藐视同盟会的组织纪律，另拉山头，专横跋扈。他所主办的《天义报》表面上虽也反清，但更多的却是宣传国粹，

鼓吹“三代以上”社会理想的内容。至于他和章太炎的关系，更是由暗地作对发展到势不两立、形同水火的地步。对此，《民报》一班人早就对其愤愤不平。1909年8月，刘师培夫妇在清政府的诱胁下投降变节，充当两江总督端方的密探，出卖革命党人。而曼殊自从来到东京后，一直与刘师培夫妇交往密切，在一些革命党人的眼里，自然成了与刘师培同流合污的同党，其“革命和尚”的身价也因之大为跌落。由于章太炎对曼殊相知甚深，遇事总为曼殊开脱，这才使一些欲“鸣鼓而击之”的革命党人有所收敛，但也有人投函警告，限令离杭，曼殊遂赴上海以表清白。“九关”句系指此事而发。日以远——一天比一天距离远。语出《古诗十九首·行行重行行》：“相去日已远，衣带日已缓。”

[21]肝胆——比喻内发的真诚。竟谁托——意谓知音难觅。

[22]无生——佛教用语。即不生不灭，佛教最高的境界。王维《秋夜独坐》：“欲知除老病，唯有学无生。”

[23]投荒客——此为作者自指，意谓自己不过是一个流落到荒远之地的行脚僧。

[24]竦身——即耸身，纵身上跳。须弥，意译“妙高”。古印度神话中的山名。佛教以它为人们所住世界的中心。日月环绕此山回旋出没，三界诸天也依它层层建立，并称它的四方有东胜身、南赡部、西牛货、北俱卢四个洲。

[25]崖堮——山崖。

[26]我马已玄黄——语出《诗经·周南·卷耳》：“陟

彼高冈，我马玄黄。”此指疲惫。曹植《赠白马王彪》：“修坂造云日，我马以玄黄。”旧注：“马病则毛色玄黄。”后以玄黄为马患疾病的通称。

[27] 梵土——佛教的发祥地，指印度。按：曼殊多次有赴印度的打算，如1907年3月，苏曼殊自日本驰函刘三，内云：“衲今后决意与太炎先生同谒梵土，但行期现在尚不能定。”同年11月又致信刘三云：“太炎有信来，命曼随行，南入印度，现路费未足，未能豫定行期。”1910年6月23日又复自爪哇答高天梅、柳亚子道：“瑛比来咯血之症复发，羁旅六月，已费去七百余金，故未能买舟赴印。”尽管如此，但因种种原因，终未果。寥廓——旷远空阔之貌。

[28] 恒河——南亚的大河，发源于喜马拉雅山脉南坡，流经印度和孟加拉国，下游有广大的三角洲，水量充沛，流域内人口稠密，物产丰盛。常用作佛教圣地的代称。

[29] 林薄——草木茂盛。

[30] 短书——短信。

[31] 青飞雀——即“青鸟”。原是神话中为王母传递消息的仙鸟。典出《艺文类聚》卷九十一引《汉武故事》：“七月七日，上（汉武帝）于承华殿斋，正中忽有一青鸟从西方来，集殿前，上问东方朔，朔曰：‘此西王母欲来也。’有顷，王母至，有二青鸟如乌，夹侍王母旁。”又《山海经·大荒西经》：“西有王母之山……有三青鸟，赤首黑目。”郭璞注：“皆西王母所使也。”以后因称传信使者为“青鸟”。

[32] 俦侣——伴侣、朋辈。

［33］落拓——犹“落魄”，穷困失意。此处寓有所志不遂的怅恨。

步韵答云上人（三首）

（一）

诸天花雨隔红尘[1]，绝岛[2]飘流一病身。

多少不平怀里事[3]，未应辛苦作词人。

题解

这组诗系从《苏曼殊全集》（开华本）录出。1909年秋，曼殊“振锡南巡，流转星霜”（《潮音·跋》），到印尼爪哇中华学校任英文教员。1911年暑假，曾去日本东京，暑假后，仍回中华学校任教，故疑写于1912年。这组诗吐胸中之块垒，寄遐情于契友，可谓情真韵纯。步韵——依照原诗的用韵去作诗。云上人——张烈，原名廉，字云雷，浙江乐清人。南社诗人。曼殊中华学校同事，至1914年仍相往还。上人——佛教称具备德智善行的人，后来用作对僧人的敬称。

注释

［1］诸天——佛教用语。指所谓“三界（欲界、色界、无色界）”。佛经言欲界有6天，色界之四禅有18天，无色界之四处有4天，其他尚有日天、月天、韦驮天等诸天神，总称28天。（天：指清净光洁，最胜最尊的境界。）花雨——佛教用语。指恩泽。《维摩经·问疾品》：“会有一天女，以天花散诸菩萨，悉皆堕落，至大弟子，便著不坠。天女曰：‘结习未尽，故花著身。’”红尘——人世间。此句意谓自己虽已祝发为僧，但尘根未断，未能达至“诸天花雨”的超凡境界。

［2］绝岛——指爪哇。1910年3月15日，曼殊自爪哇致高天梅函有“残僧飘流绝岛”之句。

［3］不平怀里事——语本贾岛《书恨》：“十年磨一剑，霜刃未曾试。今日把与君，谁为不平事。”

（二）

旧游如梦劫前尘[1]，寂寞南洲[2]负此身。

多谢索书[3]珍重意，恰侬憔悴不如人。[4]

注释

[1] 劫——劫持。前尘——指迷惑人的真性的“六尘”（佛家称色、声、香、味、触、法为六尘，《楞严经》：“佛告阿难，此是前尘，虚妄相想，惑汝真性。”）。

[2] 南洲——指东南亚一带。

[3] 索书——求书（信）。

[4] 侬——相当于“我”，此为作者自指。此句系对“云上人”之问讯的下面回复，用“不如人”极言自己孤独寂寥、穷愁潦倒的难堪处境。

（三）

公子才华迥绝尘[1]，海天寥阔寄闲身。

春来梦到三山未[2]？手摘红樱拜美人。

注释

［1］公子——谓云上人张烈。迥——远。绝尘——本指马蹄不沾尘，风入四蹄，疾驰飞奔。后指超绝凡俗，不可跻攀之意。《庄子·田子方》："夫子步，亦步；夫子趋，亦趋；夫子驰，亦驰；夫子奔逸绝尘，而（颜）回瞠若乎后矣。"

［2］三山——三神山。古代传说东海中有蓬莱、方丈、瀛洲三山，为神仙所居。《史记·封禅书》："此三神山者，其传在勃海中，去人不远……盖尝有至者，诸仙人及不死之药皆在焉。其物禽尽白，而金银为宫阙。未至，望之如云；乃到，三神山反居水如下；临之，风辄引去，终莫能至云。"此指日本。按：此诗系"步韵答云上人"之作，而云上人曾去过日本，故作者有此设问。

别云上人

束装归省，道出泗上，会故友张君云雷亦归汉土，感成此绝。

范滂有母终须养，[1]张俭飘零岂是归？[2]

万里征尘愁入梦，天南分手泪沾衣[3]。

题解

此诗初刊于1912年4月9日《太平洋报》的附张《太平洋文艺集》。别见于1912年10月《南社》第六集、1914年5月《民国》第一号，后者题目改为《耶婆提岛别张君》。

1911年，曼殊在爪哇中华学校任教。闻武昌起义，激奋异常，旋即驰函柳亚子、马君武云："迩者振大汉之天声，想两公都在剑影光中，抵掌而谈，不慧远适异国，惟有神驰左右耳。"曼殊本拟迅疾回国，为此，他还当掉衣服，卖去书籍，只因课务缠身，逮至1912年才启程。此诗大约写于这个时候。此系赠别诗，状写归国前之心境。束装归省——整理行装回国。泗上—— 指泗水，印度尼西亚第二大城苏腊巴亚的通称，位于爪哇岛东北岸，布兰塔斯河河口，隔苏腊巴亚海峡与马都拉岛相望，为水陆交通之要地。汉土——指中国。1912年1月2日，曼殊自爪哇驰函柳亚子云："如腊月病不为累，当检燕尾乌衣典去，北旋汉土。"

注释

[1] 范滂有母终须养——范滂（137—169），东汉汝南征羌人，字孟博。少励清节，曾任汝南太守宗资属吏，极力抑制豪强，并与太学生结交，反对宦官专权。延熹九年（166年）与李膺等同时被逮，次年释放还乡，后再度被逮，死于狱中。关于他的"养母"事，据《后汉书·范滂传》载："建宁二年（169年），遂大诛党人。诏下，急捕滂等。督邮至县，抱诏书，闭传舍，伏床而泣。滂闻之曰：'必为我也。'即自诣狱。县令郭揖大惊，出解印绶，引与俱之，曰：'天下大矣，子何为在此？'滂曰：'滂死则祸塞，何敢以罪累君，又令老母流离乎？'其母就与之诀。滂白母曰：'仲博（滂之弟）孝敬，足以供养，滂从龙野君（滂之父）归黄泉，存亡各得其所。惟大人割不忍之恩，勿增悲戚。'母曰：'汝今得与李（膺）、杜（密）齐名，死亦何恨。既有令名，复

求寿考，可兼得乎？’滂跪受教，再拜而辞。” 按：作者用此典，乃为“意用事”，而非仅示“有母在家”的“语用事”，意谓要以范滂的卓荦人格相期许，同时也隐含着对母亲的敬重之意。从诗歌语言学的视角看，这种为曼殊所惯用的重在传递内心感受的用典方式无疑是非常成功的，它大大增强了“诗家语”的张力与弹性。

［2］张俭飘零岂是归——张俭（115—198年），东汉山阳高平人，字元节。初为山阳东部督邮，曾严劾宦官侯览及其家属残民以逞之罪，深为太学生所敬仰。后党锢之祸再起，建宁二年（169年）宦官集团搜捕世家大族。侯览对其怀恨在心，乘机诬陷他结党营私，张俭被逼逃亡，“困迫遁走，望门投止”。因人们素重其名声品节，争相隐匿，虽有破灭家族之祸亦所不顾。事见《后汉书·张俭传》。曼殊之“绝岛飘零”与张俭“困迫遁走，望门投止”亦有相类之处，故以此自比。但作者身为僧人，四海为家，故曰“岂是归”。按：诗人运用以上两个典故，使得典故的色彩与全诗的情感色彩，典故所容涵的意蕴与全诗的情感基调达到了高度的协调。典故不复是某种“物象”的替代性词语，亦非较低层次的“借喻”，而是全诗语言结构的一个有机组成部分。——这正是诗人用典的高超之处。

［3］天南——南洋一带。此指泗上。“泪沾衣”紧承上句“愁入梦”，因有前面两个典故的妙用，故诗人临歧送目，能不陡生黯然南浦之怀，读来益觉情深味永。“交情有味是临歧”，信然！

柬法忍

来醉金茎露[1]，胭脂[2]画牡丹。

落花深一尺，不用带蒲团[3]。

题解

这首以诗代柬，邀约友人聚会饮酒作画的五绝，初刊于1912年6月9日《太平洋报》的附张《太平洋文艺集》。别见于1912年10月《南社》第六集、1913年11月3日《生活日报》的附张《生活艺府》以及1914年5月《民国》第一号。1912年4月12日，曼殊自上海赴杭州，与张卓身、李一民同游西湖，后又与张继到秋社访陈去病。他们泛舟湖中，看云影浓淡舒卷，听风声断续如箫，相与大乐。对这次聚会，陈去病后来有诗回忆："荷风十里桂三秋，艇子瓜皮忆旧游，最是孤山梅最好，不曾磨镜易眠牛。"《将为曼殊卜葬湖上呈元首六绝·其五》）这首诗大约作于此时。法忍（1874—1933）——陈去病的别号，原名庆林，字佩忍，号巢南，江苏吴江人。1903年在日本参加“拒俄义勇队”时与曼殊相识，1907年同住国学保存会藏书楼，“对床风雨，意极可亲”。后来彼此往返较密。曼殊去世后，他为办理葬事，撰《为曼殊大师建塔疏》。

注释

［1］金茎露——甘露。汉武帝时作仙人举掌托露盘承接天上的甘露。班固《西都赋》：“抗仙掌以承露，擢双立之金茎。”张铣注：“抗，举也。金茎，铜柱也。作仙人掌以举盘于其上。”李商隐《汉宫词》：“侍臣最有相如渴，不赐金茎露一杯。”此处指酒，意谓请法忍前来共饮。

［2］胭脂—— 国画中的一种红色颜料。

［3］蒲团——用蒲草编成的圆形垫具，为僧侣打坐或跪拜时所用。

以胭脂为某君题扇

为君昔作伤心画，妙迹何劳劫火[一]焚？

今日图成浑不似，胭脂和泪落纷纷。

题解

此诗录自柳亚子《苏曼殊全集》（开华本），创作时间与相关本事皆未详。据陆灵素《曼殊上人轶事》载：“上人偕粤东马小进过华泾，在民初5月初。一夕饭罢，索胭脂作画，时儿女辈已尽睡，外子（指刘三）觅一片如薄饼者，置画碟中。上人且画且谈笑，倾刻成《黄叶楼阁》一，为余画扇面一。又蘸墨汁作横幅一，笔端胭脂尚未净，枯柳寒鸦，皆作紫酱色，今日尚储箧中，真奇迹也。”考诸曼殊生前，绝少用胭脂写扇面，至于诗题中所称的那位“某君”究属何人，已难确考。不过从上引陆灵素所述及曼殊的相关《画跋》来看，曼殊在此之前确曾给刘三送过画，足见此诗首句显系“记实”。又据1912年12月13日曼殊答邓庆初的信提到拟为“素君”作画，如是推之，那位“某君”大概即为陆灵素。而此诗的创作时间，亦大致可以确定为1912年夏季。

注释

［1］妙迹——佛家语。谓异乎寻常之事迹。劫火——佛家语。佛教认为世间事物皆须经“成住坏空”四大劫，所谓“劫火”，则是坏劫中的火灾，世间一切将被大火烧毁。

迟　友

云树高低迷古墟，问津何处觅长沮？[1]

渔郎行入深林处，[2]轻叩柴扉问起居。

题解

这首诗录自柳亚子《苏曼殊全集》。写作时间不详。从诗的内容看，似为农舍访友之作。考诸曼殊之行迹，1912年底，曼殊于安庆安徽高等学校任教时曾为程演生写过一幅《江湖满地一渔翁图》，内容与此诗相类，故暂且当作这个时期的作品。一说疑作于日本，依据是1912年秋天，曼殊自日本答某君书："七夕，发丹凤山，鸡鸣经珠帘瀑，旁午至一处，人迹荒绝，四顾衰柳微汀，居然倪迂画本也。草径甚微，徐步得小丘，丘后有湖，寒流清泚。有弄潮儿，手携银鱼三尾，口作笛声，过余身畔，方知为濒海之地。问：'是何村？’曰：‘非村落。湖名玉女。’余直译之曰‘玉娘湖’，……即日趁渔船，渡沙陀江。初九日到樟溪，策马，马频嘶而行，顾望崦嵫，凄然身世之托。”

此诗系“迟（等待）友”之作，感朋樽之至乐，耽乡居之闲逸，读之令人悠然意远。迟友——等待、迎候友人。

注释

［1］问津何处觅长沮——典出《论语·微子》：“长沮、桀溺耦而耕。孔子过之，使子路问津焉。长沮曰：‘夫执舆者为谁？’子路曰：‘为孔丘。’曰：‘是鲁孔丘欤？’曰：‘是也。’曰：‘是知津矣！’”问津，问路。此句意谓友人恐怕很难找到所要访求者的居处。诗人援引此典，暗寓“迟友”之举实有深意在焉

［2］“渔郎”句—— 暗用陶潜《桃花源记》“渔人入桃源”一典：“晋太元中，武陵人捕鱼为业。缘溪行，忘路之远近。忽逢桃花林，夹岸数百步，中无杂树，芳草鲜美，落英缤纷，渔人甚异之。复前行，欲穷其林。林尽水源，便得一山。山有小口，仿佛若有光。便舍船，从口入。初极狭，才通人。复行数十步，豁然开朗，土地平旷，屋舍俨然，有良田美池桑竹之属。阡陌交通，鸡犬相闻。其中往来种作，男女衣著，悉如外人。黄发垂髫，并怡然自乐。”

按：此诗呈现的是一个极为浅明的叙事框架，其所承载

的一个基本事实即在乡间茅舍等待友人的来访。但透过这看似单纯的表层结构，我们会发现其内蕴并不简单。首先，此文不言己之迟友，而从友人着想，情致在焉。其次，是诗中所用的两个值得措意的典故，其一是“长沮问津”，其二是“桃花源中”。借用这两个典故，曲透出所“迟”之友并非等闲之辈，乃一皦然绝俗之高士——典故的妙用，使得全诗的美感效应在其表层结构中透发出来，情致深婉，余味曲包。

无题（八首）

（一）

空言[1]少据定难猜，欲把明珠寄上才[2]。

闻道别来餐事减，晚妆犹待小鬟[3]催。

题解

这组绝句大概作于1913年前后，初刊于1914年5月《南社》第九集。其中第一、二、三、四、五首又载于1914年5月《民国》第一号，而第一、二、三、四首题为《空言》，第五首别见于1915年5月《甲寅》第五号。

关于这组诗，柳亚子在《答马仲殊先生》中说：“《无题》八首，“民国”二年曾在某报上发表过（大概是《民国新闻》，因此报不在手头，无从证实）。其诗分为数起，有《赠素珍》及《赠桐花》诸题。姚鹓雏《赠素珍和曼殊作》五首，即系指此。（按：实是四首，题为《次曼殊作赠素珍》。）但是曼殊却曾对我大叫其冤枉，说题目是被朋友们硬装上去的。”按：1912年3月，曼殊在上海任《太平洋报》编辑，时与柳亚子、叶楚伧、朱少屏等到歌楼妓院吃花酒，与妓女花雪南时相来往。柳亚子在《亡友余天遂哀辞》中说：“相与掉磬其间，日夕谈宴为乐。时余辈狂放甚，酒酣以后，高歌击节，逸兴遄飞。”1913年10月，曼殊返上海后住入南京路第一行台，又整天到北里开筵召花，肆为游嬉。据于右任《独树斋笔记》说：“曼殊于歌台曲院，无所不至，视群妓之尤如桐花馆好好、张娟娟等，每呼之佑酒。”同时又继续和花雪南来往。这几首诗大概是这段时间生活的反映。

关于这组诗，时人甚至推崇，其中熊润桐的评断颇具代表性。他在《苏曼殊及其〈燕子龛随笔〉》中说：“真可谓哀感顽艳之极了，然却和一般轻薄的文士所作的艳诗有别。寻常文士作抒情诗的流弊，并非他们的词句不绮丽，却是他们的情意不真挚。至于这几首诗便不同了，不即不离，全以真诚的态度，写燕婉的情怀，不染轻薄的习气，不落香奁的窠臼，最是抒情诗中上乘的作品。虽然词句仿佛迷离，难以定其所指，而隐约之间，却令人生无限伤心，无穷艳思，非绝代愁人，身世有难言之恫者，怎能到这个妙境呢？我们想了解这些诗，只要直觉的置身其中，和他的诗融合为一，自然能够领略到他的妙处，不必刻舟求剑，斤斤于寻他的本事了。”无题—— 类同“失题”，以写爱情为内容而故意隐去诗题。据郑桐荪在《次韵和曼殊大师〈何处〉一首》中的“诗成百绝情难写”一句的注脚说：“时曼殊师有《无题》诗百绝之作。”又在《与柳无忌论曼殊生活函》中说：“他的诗大约散失很多，因为他自选极严，稍不合意者即弃去。”这组诗大概只是其“百绝”中经过他严格筛选后的一部分而已。

注释

[1] 空言——空阔无凭。至于诗中所言之“猜”的具体意涵，因语境悬隔，已难具考。但这种迷离惝恍、莫知所指的意境，正切合“无题”诗的体例。

[2] 明珠——光泽晶莹的珍珠。此指定情之信物。张藉《节妇吟》：“君知妾有夫，赠妾双明珠。感君缠绵意，系在红罗襦。”上才——才华超众之人，此处似指花雪南。

[3] 小鬟：——本指幼女饰发为鬟，此处用称婢女。此句取《诗经·卫风·伯兮》“岂无膏沐，谁适为容”之意。

（二）

绿窗新柳玉台[1]旁，臂上犹闻椒乳[2]香。

毕竟美人[3]知爱国，自将银管学南唐。[4]

注释

[1] 玉台——镜台。女子梳妆的用具。《楚辞》：“登太乙兮玉台，使素女兮鼓簧。”

[2] 椒乳——香乳，一种椒花制成的芬芳馥郁的涂饰物。《杂事秘辛》：“筑脂刻玉，胸乳菽发。”

[3] 美人——指花雪南。据南社社员诸贞壮介绍：清季为革命捐躯的鉴湖女侠秋瑾，甚赏识花雪南，称赞她爱国。尝有赠她的七绝两首，以“雪南可人”四字嵌入句首。（参看柳无忌《苏曼殊及其友人》、柳亚子《苏和尚杂谈》。）

[4] 银管：古人为表示音色的高低，常在笙笛一类管

乐上用银作字，这里泛指管乐器。南唐：五代十国之一。公元973年为北宋所灭，共历三主。学南唐——此二句意谓“美人”仿效南唐的歌伎王感化，手持洞箫，欲藉音乐以表达自己的爱国之情。据马令《南唐书》卷二十五《王感化传》载：“王感化善讴歌，声韵悠扬，清振林木。元宗（李景）嗣位，尝乘醉命感化奏《水调词》，感化唯歌南朝天子爱风流，一句，如是数四，元宗辄悟，覆杯叹曰：‘使孙（皓）、陈（叔宝）二主得此一句，不当有衔璧之辱也。’感化由是有宠，元宗尝作《浣溪沙》二阕，手写赠感化。”美人，指花雪南。

（三）

软红帘动月轮西[1]，冰作阑干[2]玉作梯。

寄语麻姑[3]要珍重，凤楼迢递燕应迷。[4]

注释

［1］软红——指柔软的红绫。月轮西——谓夜色已深。

［2］阑干——即栏杆。

［3］麻姑——中国古代神话的女仙，仙人王方平之妹。葛洪《神仙传》说她是建昌人，修道牟州东南姑余山。东汉桓帝时应王方平之召，降于蔡经家，年十八九，能掷米成珠，自称曾见东海三次变为桑田，蓬莱之水也浅于旧时，或又将变为平地。曼殊在《诗文杂记》中亦有相关记叙："麻姑以米掷地，皆成丹砂。方平笑曰：'姑固年少也，吾老矣！不喜作此狡猾变化也。'"这里指代想念中的那位远方女子，

即花雪南。

［4］凤楼——本指帝王宫内的楼阁。南北朝宋·鲍照《代陈思王京洛篇》：“凤楼十二重，四户八绮窗。”此指花雪南所居之青楼妓馆。迢递——形容极高之状。燕应迷——语本唐人韩偓《迷楼记》，其中有使真仙游其中，亦当自迷之语。曼殊《诗文杂记》亦引录相关诗作：“‘一骑红尘出竹西，谁家绣柱隐漉题？风铃悄定连环索，月斧新修五色泥。玉树檀栾莺不散，琼花迢递燕应迷。分明寒食棠树下，闲杀秦楼百尺梯。’海园《无题》。”按：曼殊在此化用“麻姑”“凤楼”“迷楼”诸典，妙在“熟事虚用”，重在传递一种感受，营造出全诗的“情感氛围”，并整合出一种迷离惝恍的诗境，其指归在于强化“我”与花雪南因时空悬隔所产生的“脉脉不得语”的砭骨孤寂。而读者一读到它，立即便会被这种“情感氛围”笼罩了心灵，感受到诗人的心境。——这种传递感觉的用典方式，无疑是一种高超而有效的诗歌语言技巧。

（四）

水晶帘[1]卷一灯昏，寂对河山叩国魂。[2]

只是银莺羞不语[3]，恐防重惹旧啼痕。[4]

注释

［1］水晶帘——即琉璃帘。

［2］国魂—— 国族的精气所系。此指国民的精神特质。着一“叩”字，乃呼应前面的“寂”字，暗寓国事日非，民气不振。

［3］银莺——指乐器，如银字管之类。羞不语——指中止弹奏。

［4］末句承第二句“叩国魂”而来，足见此处“重惹”之“啼痕”，绝非仅止男女之间的情爱，而是为辛亥革命后国势窳败、民怨日深的现实忧愤同洒一掬热泪。

（五）

星裁环佩月裁珰[1]，一夜秋寒掩洞房。

莫道横塘[2]风露冷，残荷犹自盖鸳鸯。[3]

注释

［1］环佩——古代女子衣带上的玉器饰物。珰——古代女子的耳饰。

［2］横塘——古堤名。三国吴沿秦淮河南筑堤至长江口，称为横塘。

［3］“残荷”句——此句妙用隐喻手法，以成双的鸳鸯暗喻自己的孤寂悲苦之状。按：此诗第一句“星裁”（实景）——第二句“掩洞房”（想象的虚景）——第三四句“横塘风露、残荷、鸳鸯”（灵视中的虚景），这三个层次连缀起一个有机的动态画面，尽管虚实相间，灵奇变幻，但因诗中语脉的紧密连属却丝毫“不隔”，并形成了流动不息的语流，而隐喻其中的怅惘、悲愁与缱绻之情，也就随着视境的不断推移而传入读者心中。

（六）

绮陌[1]春寒压马嘶，落红狼藉印苔泥。[2]

庄辞珍贶[3]无由报，此别愁眉又复低。

注释

[1] 绮陌——繁华的街市。

[2] 落红狼藉印苔泥——此句系从前人句中化出，据曼殊《燕子龛随笔》：“海国湖南曹氏子，天赋诗人，不幸短命！十四岁工艳体。有仙气，非寿征。十九岁牧牛村外，失足溺水。余仅忆其：‘湿翠满身弹竹泪，落红双屐印苔泥’数句而已。”落红——落花。狼藉——形容纵横散乱之貌。

[3] 庄辞——庄重的言辞。珍贶——珍贵的馈赠。

（七）

棠梨[1]无限忆秋千，杨柳腰肢最可怜。[2]

纵使有情还有泪，漫从人海说人天。[3]

注释

[1]棠梨——即白棠，又名甘棠，蔷薇科落叶亚乔木，树有针刺，叶呈卵形，果实似梨而小，叶似苍术，色呈灰白。2月开白花，结实如小楝子大，霜后可食。

[2]杨柳腰肢——形容女子的腰围细小柔软。白居易诗："樱桃樊素口，杨柳小蛮腰。"可怜——犹言可爱。

[3]人海——尘世，极言人数之多。语本清人黄仲则《都门秋思》："侧身人海叹栖迟。"人天——人间天上，此为生死之代称。此句意谓二人纵有相怜相爱的血泪真情，但人海茫茫，世事难料，到头来怕也只是徒托空言而已。

（八）

罗幕[1]春残欲暮天，四山风雨总缠绵。

分明化石心难定，[2]多谢云娘[3]十幅笺。

注释

［1］罗幕——用轻罗制成的帐帏。

［2］化石心难定——语出《诗·邶风·柏舟》：“我心匪石，不可转也。”此句则系从唐女诗人光威句中化出，原句为：“须知化石心难定，却是为云分易甘。”（见曼殊《诗文杂记》）此句谓犹疑不定。

［3］云娘——谓云英。唐代仙女名，此指花雪南。按：郑桐荪尝有赠苏曼殊诗（全诗见《何处》）：“漫去深山盟落叶（原注：曼师常有再作和尚之意），应怜空谷老名花（原注：指花雪南）。”由此推知，他们二人的最终分手，实因曼殊不愿放弃僧人的身份；以故，花雪南只好另寻归宿。

吴门依易生韵（十一首）

（一）

江南花草尽愁根[1]，惹得吴娃笑语频。[2]

独有伤心驴背客[3]，暮烟疏雨过阊门[4]。

题解

这组诗初刊于1914年5月《南社》第九集。关于这组诗的创作时间，当为1913年6月，其时曼殊与郑桐荪同游苏州。是月又与沈燕谋同游舜湖，之后，即至盛泽郑桐荪家，旋又至苏州郑仿春家编《汉英辞典》与《英汉辞典》，这组诗大约作于这个时候。至于姚鹓雏说："实在是在上海做的。"这组诗可能是误会，或许是曼殊7月在上海修改，发表时被他看到了。至于这组诗发表与创作时间上的这种差异，沈燕谋于1927年复函柳无忌，内云：“曼殊中年以后，好弄玄虚之习，与日俱深，假名臆造之事，随处发生。”又云：“曼师诗中有《吴门易生韵》诗二三十首（今仅存十一首——注者），作此诗时，实在盛泽桐兄（指郑桐荪——注者）家，易生则燕谋别字也。燕谋初未作诗，偶与曼殊师谈得高兴，曼师竟以《依易生韵》为题。后在上海报纸发布，友人乃向燕谋索原诗者，燕谋无以应；告以原因，相与一笑而罢。”（柳亚子《苏和尚杂谈》）

从题材上看，这组诗当属怀古之作。曼殊悲天悯时，吊古伤今，格调沉郁，辞气哀怨。在令人窒息的时代阴霾的重压下，诗人的心头有着太多的怅恨、悲慨和忧伤，这一切很难用语言直接描述，而曼殊的卓荦之处就在于他通过“咏史”，找到了两者之间的接合点，“咏史”使诗人特定的感情客观化与对象化，这时，诗中一系列意象的灵动组构自然而然地渲染出一种情调、一种氛围，于是，那不可控抑的情感之流顿然充溢于意象之中，达到了“物色万象，爽然有如感会”（《文镜秘府论》）的效应。

或言之，诗人将他那种“必有应说”的“人心至感”，化进了漫游江南时的复合感受之中，建构出一个无限幽怨、深隽的意境，使我们从中深刻感受到一种凄美的情愫和沉重的太息。无怪乎郑桐荪在《与柳无忌论曼殊生活函》中对此备极称道，认为“曼殊诗多绝诗，风韵极佳，有神无物，而味隽永，愈读愈见其佳”。

吴门——苏州的别称，为春秋时吴国的都城。易生——沈一梅，字燕谋，号易生，江苏南通人。1913年曼殊在安庆安徽高等学校任教时的同事和好友，同编《汉英辞典》，后又在上海第一行台同住颇久。《燕子龛随笔》：“燕君者，通州沈一梅，方正之士也，肄业美国惠斯康新（今译威斯康星）大学。”关于易生与曼殊相处的经过，沈燕谋在1927年复柳无忌信说：“燕谋识曼师在民元（1912年）之秋。其年11月即同赴安庆，年底在上海度岁。次春，又同去皖，夏初东归。4月以后，则在盛泽，与桐兄等三人共编《汉英辞典》，历4月而毕事，复至上海。”依某人韵——按照某人诗的韵脚作诗。

注释

[1] 愁根——引起忧愁的根由。

[2] 吴娃——古代称吴地（江苏一带）的美女，其他如秦娥、赵姬、越艳，皆指美女，人以地分；若易地易人，则两失谐调，赏诗者不可不措意。刘良注左思《吴都赋》“幸乎馆娃之宫”。刘良注：“吴俗谓好女为娃。”此句着一“惹”字，寄慨遥深。吴娃无知，宜不解悲欢，而诗人俯仰兴亡，则不堪为睹；吴娃的“笑语频”更反衬出诗人吊古伤今的作意。

[3] 驴背客——原为宋代诗人陆游自指。曼殊《燕子龛随笔》：“山寺中北风甚烈，读《放翁集》，泪痕满纸，

令人心恻，最爱其‘衣上征尘杂酒痕，远行无处不销魂。此身合是诗人未？细雨骑驴入剑门”一绝。尝作《剑门图》悬壁间，翌日被香客窃去。”按：此处系作者借以自指。1913年1月．曼殊自上海驰函柳亚子信云：“昨日从吴门驴背上跌下，几作跛足仙人矣。一笑！”柳亚子《苏和尚杂谈》“曼殊1912年冬天第一次到盛泽时……嘉兴到盛泽……坐的是民船，碰着大逆风，船夫上岸拉纤．他也要云拉，一个不小心，扑通一声，丢到水里去了。好容易救起来，西装皮大衣已全湿，到盛泽后，在火炉上烘干。后来从盛泽还上海，经过苏州时，又从驴背上跌下来。拉纤下水，骑驴坠地，倒是一个巧对。”

[4]阊门——苏州城西北门。《吴越春秋》：“阊门者，以象天门通阊阖风也。”此处指代苏州城。

（二）

碧海云峰[1]百万重，中原何处托孤踪？[2]

春泥细雨吴趋[3]地，又听寒山夜半钟。[4]

注释

［1］碧海云峰——形容海深山高。

［2］中原——原指黄河中、下游地区。这里借指整个中国。托孤踪——即（无地可以）寄托孤独的行踪。按：曼殊一生，不独其身世畸零，即其行踪亦如孤云般无所凭依，东飘西泊。

［3］吴趋——指古吴国辖地。古歌有《吴趋曲》，晋·崔豹《古今注》："《吴趋曲》，吴人以歌其地也。"

［4］寒山夜半钟——语出张继《枫桥夜泊》："月落乌啼霜满天，江枫渔火对愁眠；姑苏城外寒山寺，夜半钟声

到客船。”寒山，苏州名胜之一，在苏州城西，为支硎山的支脉。《清统志》：“苏州府：寒山寺在吴县西十里枫桥，相传寒山、拾得（唐代两位高僧——注者）尝止此，故名。内有寒山、拾得像。”按：曼殊身为诗僧，常擅将钟声入咏，借以传其遗世之情、超旷之致。又，末句着一“又”字，表面看来，不外乎一种客观描述，意谓作者自己孑然一身，跋山涉水，于迷离惝恍中不觉又来到了撩人愁思的苏州。但结合上文（一二句）来看，由于作者“善状目前之景，无限凄感，见乎言表”（谢榛《四溟诗话》），故“又”字一出，顿时生发出一种羁旅愁思与似幻似真的生命飘忽之感，百载之下如闻叹息声也。

（三）

月华如水浸瑶阶[1]，环佩[2]声声扰梦怀。

记得吴王宫里事[3]，春风一夜百花开。[4]

注释

［1］瑶阶—— 玉石阶砌。

［2］环佩——古人所佩之饰物。此处系指因流水而引起的幻觉，与唐人柳宗元“闻水声如鸣佩环”句颇为相近。在构思方法与意境上，则与唐人杜牧《沈下贤》：“一夕小敷山下梦，水如环佩月如襟。”杜甫《咏怀古迹》：“环佩空归月夜魂”同一机杼。

［3］吴王宫里事——指春秋时代吴王夫差迷恋西施，沉湎歌舞，而招致亡国的惨祸。李白《乌栖曲》：“姑苏台上乌栖时，吴王宫里醉西施。吴歌楚舞欢未毕，青山欲衔半

边日。银箭金壶漏水多，起看秋月坠江波，东方渐高奈晚何！”

[4] 春风一夜百花开——形容吴宫夜以继日、轻歌曼舞的繁华景象。末句的审美效应来自一种“盛”与“衰”的强烈比对关系：其显在文本是借宫中上林苑的花草繁盛暗喻吴宫歌女宴饮歌舞的盛况，而其潜在文本则是对吴王骄奢淫逸终至亡国的历史悲剧的讽喻。比对的妙用，更强化了诗人不胜今昔的无限感慨。

（四）

姑苏台畔夕阳[1]斜，宝马金鞍翡翠车。[2]

一自美人[3]和泪去，河山终古是天涯。[4]

注释

[1]姑苏台——据《述异记》载：夫差筑此台，耗费甚巨，横广五里，三年乃成。相传姑苏台上建有春宵宫，吴王夫差与西施彻夜饮酒作乐。又作天池，池中造青龙舟，舟上盛设鼓乐。夫差与西施尽欢于水上。后越国攻吴，吴太子战败，台池俱废。夕阳——为古典诗歌中极常见的意象，此处既指代荒凉冷落的景色，亦为昔日威势没落的象征。语本刘禹锡《乌衣巷》："朱雀桥边野草花，乌衣巷口夕阳斜。旧时王谢堂前燕，飞入寻常百姓家。"

[2]"宝马"句——指吴国当年拥有装饰华丽的宝马，

车辆则饰以绿玉。吴国昔日之繁盛，从侧面写出，升平熙皋之象，足可想见。

［3］美人——指西施。相传越灭吴后，西施随越臣范蠡乘轻舟桴于五湖，莫知所终。一说其沉水而死。两说于此均可解。

［4］河山终古是天涯——此句意谓一自西施挥泪离宫，吴国的山山水水对她来说，就变成遥不可及的天涯了。此处“终古”与“一”相呼应，而三四句的悲慨又与一二句的“幻境”形成呼应，更强化了吊古的作意。

（五）

万户千门尽劫灰[1]，吴姬含笑踏青来。[2]

今日已无天下色[3]，莫牵麋鹿上苏台！[4]

注释

［1］劫灰——见《为调筝人绘像》注。此句似胎息于《三辅黄图》："武帝太初元年，相梁殿灾。粤巫勇之曰：'粤俗有火灾，即复大起屋，以压胜之。帝于是作建章宫，废千门万户。"

［2］吴姬——姬，女子的美称。踏青——清明节出游郊野。因每每要踏着嫩绿的春草而行，故称"踏青"。此句着一"含笑"，意谓吴地女子对苏州一带曾遭受过巨大劫难的悲剧历史早已淡忘，故而"含笑踏青"。造物似无情，不以兴亡而更其物态也。

［3］天下色——犹言绝世之姿容。此指吴王夫差的宠姬西施。王维《西施咏》："绝色天下重，西施宁久微？朝为越溪女，暮作吴宫妃。"

［4］麋鹿上苏台——指姑苏城圮，崩榛当路，荒葛塞途；昔日的繁盛之地，已成为麋鹿游乐的地方。意为国已灭亡。典出《史记·淮南衡山列传》《越绝书》《合璧》：吴王夫差破越，越进西施，请退军。吴王得西施，甚宠，为筑姑苏台，高二三百丈，五年乃成。伍子胥力谏，不从，伍子胥叹曰："臣今见麋鹿游姑苏之台也。"麋鹿——北方的一种野鹿。古人称为"四不像"，即角似鹿而非鹿，头似马而非马，身似驴而非驴，蹄似牛而非牛。前人有"故宫游麋鹿，铜驼生荆棘"之说。按：三四句表面上似乎是说：天下已无西施那样的倾国佳人，后人不必再到姑苏台上凭吊了。实则借助"典事"，寄寓对袁氏当权、国势日非的忧愤，所谓"断肠烟柳，莫倚危栏"也。

（六）

水驿山城[1]尽可哀，梦中衰草凤凰台[2]。

春色总怜歌舞地[3]，万花缭乱为谁开？[4]

注释

［1］水驿山城——指姑苏一带。水驿：水路的交通站，可供行人休憩之所。

［2］凤凰台——故址在金陵。相传南朝刘宋元嘉年间，有凤凰三只翔集山上，并改山名为凤台山。又据《江宁通志》载："凤凰台在江宁府城内之西南隅，犹有破陀可以眺望。"唐代著名诗人李白有"凤凰台上凤凰游，凤去台空江自流。吴宫花草埋幽径，晋代衣冠成古丘……"（《登金陵凤凰台》）之咏叹。

［3］歌舞地——指南京一带。自东晋、南朝在此建都

以来，此地酣歌恒舞，曾盛极一时。此句为转折句，意谓昔日的繁华已然消歇，但这片“歌舞地”总是格外地撩人情思。从全诗看，若无此一转折语，前面两句的抒情便会流于虚泛。

［4］“万花”句——万花依然盛开着，千载如斯，但如今“缭乱为谁开？”末句以疑问句作结，诗人将强烈的主体情感移入眼前的景物中，以自然恒常的秩序（“不变”）暗喻古今盛衰的“变”。虽系写景，实则寄慨。诗人余意隐而未伸，语殊蕴藉。

（七）

年华风柳共飘萧[1]，酒醒天涯问六朝[2]。

猛忆玉人明月下，悄无人处学吹箫。[3]

注释

［1］风柳——“风”，一本作“花”。飘萧——零落凋残。

［2］六朝——三国的吴、东晋，南朝的宋、齐、梁、陈，皆建都南京，史称“六朝”，为公元3世纪初至6世纪末，前后三百余年的历史时期的泛称。后亦兼指六朝亡国悲恨相续不断。

［3］“猛忆“二句——江苏省扬州市西郊，旧有“二十四桥”。相传古代有二十四个美人吹箫于此。此诗系取意于杜牧“二十四桥明月夜，玉人何处教吹箫？”（《寄扬州韩绰判官》）之本意。按：扬州亦属六朝旧地，此处系由姑苏城的兴亡联想到扬州旧事。玉人，美貌的女子。

（八）

万树垂杨任好风，斑骓西向水田东。[1]

莫道碧桃[2]花独艳，淀山湖[3]外夕阳红。

注释

［1］“万树”两句—— 系从李商隐《无题》“斑骓只系垂杨岸，何处西南待好风”中化出。斑骓——毛色苍白相杂的马，此指骏马。

［2］碧桃——又名千叶桃。花重瓣，不结果。据《群芳谱》载：“千叶桃，一名碧桃。”

［3］淀山湖——旧称薛淀湖。位于上海青浦区。因湖东南有淀山（宋时山尚在湖中）因以名湖。同黄浦江、吴淞江（苏州河）相通，为白蚬江水流汇而成。此二句意谓夕阳之绚丽远胜于烂漫的桃花。

（九）

平原落日马萧萧，剩有山僧赋大招。[1]

最是令人凄绝处，垂虹亭畔柳波桥。[2]

注释

［1］大招——《楚辞》篇名。王逸《楚辞章句》："《大招》者，屈原之作也。或曰景差，疑不能明也。"又云："屈原流放九年，忧思烦乱，恐命将终，所行不遂，故愤然大招其魂……"按：《大招》一篇，实系后人模仿《招魂》而作，并非屈原所作，因与本诗旨无关，故不具考。按：此句承上句而来，一个"剩"字蕴义极深，"赋大招"，乃诗人"所行不遂"的一腔愤懑之迸发。

［2］垂虹亭畔柳波桥——在苏州吴江区东，以垂虹桥得名。环洞七十有二为历史名胜地。《吴郡志》卷十七："有亭曰垂虹，而世并以名桥。"又据《吴郡图经续志》云："吴

江利住桥，庆历八年，县尉王廷坚所建也。东西千余尺，用木万计，萦以修阑，甃以净甓。前临具区（太湖），横截松陵。河光海气，荡漾一色。乃三吴之绝景也。……桥有亭曰‘垂虹’。苏子美尝有诗云：‘长桥跨空古未有，大亭玉浪势亦豪。’非虚语也。”按：在诗歌创作中，由于主体情感的“万物皆著我之色彩”的移情作用，如此绝美的“柳波桥”因被主体化而成为“凄绝”之物。诗人从所处的现实感受出发，在被誉为“三吴之绝景”的“柳波桥”中寄寓着治乱兴亡的无穷悲慨。苍凉怀古，劲气直达，乃咏史之高格也。

（十）

碧城烟树小彤[1]楼，杨柳东风系客舟。[2]

故国[3]已随春日尽，鹧鸪声急使人愁！[4]

注释

［1］彤楼——即红楼。多指女子居所，此处似指歌楼妓院。

［2］杨柳东风系客舟——语出《北梦琐言》载鱼元机诗："蕙兰消歇归春浦，杨柳东风绊客舟。"吴文英《唐多令》："垂杨不萦裙带住，漫长是，系行舟。"此句意谓多情的杨柳随风飘舞，我的行船几乎被系住了。

［3］故国——即家乡。曼殊一向倾心共和，痛恨袁世凯窃夺国柄。但辛亥革命后，政黯民怨，国势日衰，故有此叹。

［4］鹧鸪声急——《本草纲目·禽部》：鹧鸪"鸣声

如曰：‘行不得也哥哥，”后人常以此声拟意，表示行路之难。丘濬《禽言》：“行不得也哥哥，行不得也哥哥。十八滩头乱石多，东去入闽南入广，溪流湍驶岭嵯峨，行不得也哥哥。”此句以鹧鸪之声暗喻国势窳败，志士衔悲。

（十一）

白水青山[1]未尽思，人间天上两霏微[2]。

轻风细雨红泥寺[3]，不见僧[4]归见燕归。

注释

［1］白水青山——泛指苏州一带的山水。语本姜夔《湖上寓居杂咏》："游人去后无敲鼓，白水青山生晚寒。"

［2］霏微——烟雨迷蒙之状。

［3］红泥寺——寺墙通常粉刷成泥红色，故称。

［4］末句之"僧"，似为诗人自指，暗含归隐之意。按：如果说，文人所志不遂，归隐林泉，尚可视为是一种任情负气的情绪冲动或以退为进的策略转换，那么，曼殊通过"吊古"以"伤今"，益觉前路茫茫，万绪悲凉，故在这组诗的结穴处曲透出一种具有归结性的语义指向——皈依。作为诗人，本来就是"哀乐过于人"的。

何处

何处停侬油壁车[1]，西泠[2]终古即天涯！
捣莲煮麝[3]春情断，转绿回黄妄意赊；[4]
玳瑁[5]窗虚延冷月，芭蕉叶卷抱秋花；
伤心怕向妆台照，瘦尽朱颜只自嗟。

题解

这首七律系郑桐荪转寄给柳亚子、柳无忌父子的。原无题。柳氏父子取第一句开头二字为题，相当于“无题”，古人常循此例。1913年8月，曼殊与平智础同游杭州西湖。此诗大约作于此时。关于这首诗，郑桐荪认为系为花雪南而作。他在《与柳无忌论曼殊生活函》中介绍说：“曼殊好吃花酒，而却与他所做的倌人，名花雪南，极少交谈，盖彼之所好不过一场热闹而已，不在花亦不在酒也。”为此，他曾以诗慰曼殊云：“曾傍红楼几驻车，青衫无奈又天涯。诗成百绝情难写（时曼师有《无题》诗百绝之作），雪冷三冬恨梦赊（泛指花雪南）。漫去深山盟落叶（曼师常有再作和尚之意），应怜空谷老名花（指花雪南）。朱颜未减少年志，何事频频揽镜嗟！” 郑桐荪，名之蕃，号焦桐，苏州吴江区人。花雪南，本姓许，新加坡华侨女儿，后到上海沦为妓女，取名五宝，又称花五姑。1907 年曼殊在上海与她相识，以后时有来往（参看柳无忌《苏曼殊及其友人》）。

按：曼殊所作七律除此首外，还有一首《樱花落》。与曼殊的七绝相比，并不出色。这表明七绝之所以在曼殊的诗中占有如此大的比重，绝非偶然。对于曼殊来说，似乎只有七绝这种诗歌形式，才能够恰切地将其心灵、世界、语言和谐地融汇在一起，让人感到其构思绵密而表达自然流丽。易言之，即深层意绪婉转隐曲而表层语言轻灵流动。

注释

［1］油壁车——古代一种车名，车壁用漆涂饰或加上一层青油衣，故名。

［2］西泠——即西泠桥。在浙江杭州西湖风景区孤山西麓，白堤、西伶桥附近，即古之“西村唤渡处”，为西湖名胜之一。此句暗借苏小小以喻花雪南，谓当时曾与她在“西

泠结同心”，如今却音讯全杳，如隔天涯。

[3]捣莲煮麝——捶断莲藕，煮熬麝香。语出温庭筠《达摩支曲》：“捣麝成尘香不灭，拗莲作寸丝难绝。”以喻矢志不渝之爱情。此处乃化用之，以强化“春情断”之作意，意谓诗人与花雪南情缘已断，不复为续。

[4]转绿回黄——谓春去秋来，时序代谢，树叶由绿变黄，由黄变绿。语似本古乐府《休洗红》：“回黄转绿无定期，世事反复君所知。”妄意——语出《大乘起信论》：“一切众生，以有妄心，念念分别。”赊此处当读“沙”音以协韵）——长、远。

[5]玳瑁——海龟一类的水产动物，四肢呈叶状，甲壳光滑，有斑纹，黄白相间，可作装饰之用。

南楼寺怀法忍、叶叶

万物逢摇落，姮娥[1]耐九秋；

缟衣人[2]不见，独上寺南楼。

题解

这首五绝作于1913年秋，初刊于1913年11月3日《生活日报》附张《生活艺府》。又载于1914年5月《民国》第一号。别见于1914年4月《南社》第十集。寺南楼一指西湖灵隐寺之南楼。《断鸿零雁记》载："余……投灵隐寺……知容审视牒讫，复欣然导余登南楼安息。余视此楼颇广，丁方可数丈，楼中一无所有，唯灰砖数方而已。"法忍——陈去病的号。参看《柬法忍》题解。叶叶（1883—1936年）——叶楚伧的字，原名宗源，字卓书，别字小凤、单叶，江苏吴县人。同盟会员，曼殊在《太平洋报》时的好友，以后曼殊时有诗画相赠。

注释

［1］姮娥——即“嫦娥”，传说中月里的女神。

［2］缟衣人——穿白衣服的人。《诗经·出其东门》：“缟衣綦巾。”郑玄笺：“缟衣白色男服也。”曼殊1914年12月23日自日本驰函邓孟硕道：“缟衣人有信至否？或因通书，幸为和尚问缟衣人起居。”

为玉鸾女弟绘扇

日暮有佳人，[1]独立潇湘浦。

疏柳尽含烟，似怜亡国苦[2]。

题解

此诗初刊于1913年11月《生活日报》附张《生活艺府》。又载1914年5月《民国》第一号（题目无“女弟”二字）。又载1914年7月《南社》第十集。诗题中的“玉鸾”，见于曼殊小说《绛纱记》，内云：“玉鸾，香山人，姓马氏，居英伦，究心历理五稔，吾国治泰西文学，卓尔超群者。”曼殊又在小说中赞道：“年十七，知大义，尝割臂疗父病。”又云：“然而斯人身世，凄然感人。”最后玉鸾竟削发为僧，飘然不知所之。然此事历究竟是“诗”是“真”，尚待进一步考证。此诗系为其题扇之作。柳无忌在《苏曼殊及其友人》

一文中说："这日暮独立在潇湘浦的佳人，我们应认为曼殊女友的一个了。"

注释

［1］日暮有佳人——语出杜甫《佳人》："绝代有佳人……日暮倚修竹。"

［2］亡国苦——指因袁世凯窃国，致使诗人产生"亡国"之忧。是年，曼殊曾作《讨袁宣言》一文，慨乎言道："……自民国创造，独夫袁氏作孽作恶，迄今一年。擅操屠刀，杀人如草；幽蓟冤鬼，无帝可诉。诸生平等，杀人者抵；人伐未申，天殛不逭。况辱国失地，蒙边夷亡；四维不张，奸回充斥。上穷碧落，下极黄泉；新造共和，固不知今真安在耶？……独夫祸心愈固，天道愈晦；雷霆之威，震震斯发。普国以内，同起伐罪之师。衲等虽托身世外，然宗国兴亡，岂无责耶？今直告尔：甘为元凶，不恤兵连祸极，涂炭生灵；即衲等虽以言善习静为怀，亦将起而褫尔之魂！尔谛听之！"——此正"亡国"之意涵所在。

饮席赠歌者贾翰卿

一曲凌波[1]去，红莲礼白莲。[2]
江南谁得似？犹忆李龟年。[3]

题解

此诗作于1913年10月，初刊于1913年11月30日《生活日报》的附张《生活艺府》，题作《彦居士席上赠歌者贾碧云》。别见于1914年5月《民国》第一号，题下有“贾翰卿”三字。又载于1915年3月《南社》第十三集。此处用《南社》之诗题。

关于这首诗，曼殊在1913年11月在《燕影杂谈》中说：“燕影（曼殊别号）尝于彦通席上，为诗赠碧云，有‘江南谁得似？犹忆李龟年’之句。余以碧云温文尔雅，故云。”按：贾翰卿，即贾碧云。曼殊称之为“今日梨园名角”，与梅兰芳、冯春航、毛韵珂并列。彦通，指陈彦通，曼殊1908年在南京祇垣精舍的同事，陈散原（三立）之子。

注释

［1］凌波——原指步履轻盈。曹植《洛神赋》："凌波微步，罗袜生尘。"此处喻"歌者贾翰卿"歌声仿佛凌波飘荡，极为美听。

［2］红莲礼白莲——语出曾广钧《登南岳寺》："宝山珠殿插青天，万朵红莲礼白莲。""红莲"和"白莲"都是指云朵。这两句意思说歌声响彻云霄，人去音留，云彩亦为之歇脚倾听。礼，活用作动词，"相与为礼"之意。

［3］江南谁得似？犹忆李龟年——语本杜甫《江南逢李龟年诗》："岐王宅里寻常见，崔九堂前几度闻。正是江南好风景，落花时节又逢君。"李龟年，唐代宫廷乐师，善歌，又善奉羯鼓、筚篥、单巢，玄宗时特承恩遇，于东都（洛阳）大起帝宅。安史之乱后，流落江南，"每逢良辰胜景，常为人歌数阕，座客闻之，莫不掩泣"（见《明皇杂录》）。此诗以李龟年为喻，既称歌者音声之美，复叹其身世之飘零。一个"犹"字，寓无穷酸泪。

佳 人

佳人名小品[1]，绝世已无俦[2]。
横波[3]翻泻泪，绿黛[4]自生愁。
舞袖倾东海[5]，纤腰惑九州[6]。
传歌如有诉，余转杂箜篌[7]。

题解

此诗录自柳亚子《苏曼殊全集》（开华本）。写作时间不详。1913年秋，曼殊在上海住第一行台旅馆，嬉游玩乐，曾作有五言诗数首，此诗或当作于这一时期。

注释

［1］小品——未详。当系一上海歌伎。

［2］无俦—— 俦，俦侣；匹偶。意谓无可匹比。

［3］横波——比喻女子眼睛流转生姿。曹植《洛神赋》：“明眸善睐，靥辅承权。”李白《长相思》：“昔时横波目，今作流泪泉。”

［4］绿黛——古代妇女用黛（一种青黑色的颜料）画眉。此指女子乌黑而有光彩的秀眉。

［5］东海——此指日本，意谓可使东海的观众为之倾倒。

［6］九州——传说中我国上古行政区划，后泛指整个中国。王昌龄《放歌行》：“清乐动千门，皇风被九州。”

［7］箜篌——古乐器名。

东行别仲兄

江城如画一倾杯[1]，乍合仍离[2]倍可哀。

此去孤舟明月夜，排云谁与望楼台。[3]

题解

此诗首刊于1914年5月《民国》第一号。又别见于1915年3月《南社》第十三集。1913年底，曼殊患肠疾，遵医嘱离上海赴日本养病。此诗显系临行时所作。其时陈仲甫（即陈独秀）亦有《曼殊赴江户，余适皖城，写此志别》一诗：云："春申浦上离歌急，杨子江头春色长。此去凭君珍重看，海中又见几株桑。"

注释

[1] 江城——指上海。因其位于黄浦江两岸，故称。倾杯——干杯，一饮而尽。

[2] 乍合仍离——刚刚聚会，又要分离。曼殊1913年3月28日自安庆驰函柳亚子：“乍合仍离，可增惆怅。”

[3] 排云——拨开云彩。郭璞《游仙诗》：“神仙排云出，但见金银台。”楼台——此指故国景物。按：三四句为诗人拟想之虚境，极言孤苦无依之状，与第二句的“乍合仍离”紧密扣合，章法整饬。诗家多情，触绪萦怀，每念及月明依旧，而此后彼此书剑飘零，各走天涯独行无伴，真不胜停云霭霭之思也。

憩平原别邸赠玄玄

狂歌走马[1]遍天涯，斗酒黄鸡处士[2]家。

逢君别有伤心在[3]，且看寒梅未落花。[4]

题解

此诗首刊于1914年5月《民国》第一号。后又别见于1915年3月《南社》第十三集。按：1914年春，曼殊在东京结识孙逸仙，时与萧纫秋、居觉生、田梓琴、杨沧白、邵玄中、邓孟硕等人往来，并曾分别到太久练、早稻田、追分町、大森、热海、横滨、羽田、千叶岛等地旅行。从诗中“且看寒梅未落花”之句，此诗似作于该年的冬末春初。按：几乎与此同时（或稍前），即1913年7月21日，他以个人名义在《民立报》上发表了攻势凌厉的《释曼殊代十方法侣宣言》，愤怒声讨袁凯的封建本质和卖国行径，显示出曼殊在这历史的紧要关头，奋袂而起、勇赴国难的抗争勇气，这与此诗的末句可谓同调而异响。

玄玄——即田梓琴，南社早期成员，时在日本随孙中山流亡。其《答苏曼殊平原别邸见赠元韵》：“廿载囊剑走天涯，海上纵横到处家，今日喜同方外客，垂杨溪畔嚼梅花。”

注释

[1]狂歌走马——纵情高歌，任意走马。此句意涉双关，既极赞田桐等志士反清、反袁的革命活动，亦藉指自己的生命样态。对此，熊润桐在《苏曼殊及燕子龛诗》中说：“伤哉曼殊，不作‘狂歌走马’的生活，又何以遣‘落叶哀蝉’的隐恫呢？”

[2]斗酒黄鸡——指饮酒谈宴。处士——古代称有才德而隐居不仕之人。

[3]别有伤心在——此指为国事而伤心。按：1913年，袁世凯在国会召开的前夕刺杀国民党议员宋教仁。4月又非法签订《善后借款合同》，借款2500万镑，准备发动内战。6月罢免江西都督李烈钧、安徽都督柏文蔚、广东都督胡汉民。孙中山领导国民党军队讨袁，屡屡受挫。不久，二次革命又告失败。孙中山被迫逃亡日本——此即诗人“别有伤心”之意涵所在。1914年1月，曼殊自日本驰函柳亚子云：“庸僧无状，病骨支离，学道无成，思之欲泣。”又曰：“异域

飘零，旧游如梦，能不悲哉！”“东渡湖光梅影，益增惆怅。”“大森有梅花数百株，并是古物。已知无奈姮娥冷，疲损梅花更断肠。亚子宁谓山僧此时情绪不如放翁乎？”可谓自道其况。

[4]寒梅未落花——语本王维《杂诗》：“君自故乡来，应知故乡事。来日倚窗前，寒梅着花未？”此句以未落的寒梅为喻，借以勖其反袁之志。

偶成

汽车中隔座女郎言其妹氏怀仁仗义，年仅十三，乘摩多车，冒风而殁。余怜而慰之，并示湘痕、阿可。

人间花草太匆匆，春未残时花已空！

自是神仙沦小谪[1]，不须惆怅忆芳容。

题解

此诗最初发表于1914年7月《民国》第三号。别见于1915年3月《南社》第十三集。1914年，曼殊自西京至东京，尝驰函柳亚子云：“明后日偕阿可、国香赴国府津一游。”可见此诗系作于本年初的旅行途中。湘痕、阿可均为曼殊在日本的女友。

注释

［1］神仙沦小谪——小谪——短暂的贬谪。此句意谓她（指女郎之妹）像天上的神仙，偶然触犯了天条而暂被谪降到凡间。全诗不事研练，清空如话，弥见情深。末句似效蒙庄齐物之观，超然亦至性之言也。

芳　草

芳草天涯人似梦，[1]碧桃花下月如烟。
可怜罗带秋光薄，珍重萧郎解玉钿[2]。

题解

此诗初刊于1916年9月出版的《名家小说》内寂寞程生《西冷异简记》第十一章上。据柳亚子《苏曼殊〈绛纱记〉之考证》载："徐沈玉君在寂寞程生所做的《西冷异简记》中，发现了曼殊的一首佚诗。诗的原文是：'芳草天涯人似梦。'此诗在《异简记》第十一章内，说是梦珠上人所作。我们既证明梦珠是曼殊，此诗是曼殊所做也可无疑的了。"按徐沈玉给柳亚子信中说："亚东书局所印《名家小说》中《西冷异简记》第十一章中，有琴香公子曰：昔者梦珠上人赠君（指秋影居士）与碧娘诗曰：'芳草天涯人似梦'，同章又云：

‘梦珠上人绝句，婉丽清怨，殆不亚飞卿。’又云：‘彼斯时浮身何地耶？’一闻尚在东京。”寂寞程生——程演生的别号，号总特，安徽怀宁人。曼殊在安庆安徽高等学校时的同事和朋友。关于这首诗的写作期间，柳亚子认为写于1916年，但曼殊1914年2月7日自日本给刘三的信中有“芳草天涯，行人似梦，寒梅花下，新月如烟。未识海上刘三肯为我善护群花否耶？”之语，与此诗前两句极为相似，执是以衡，此诗或当作于1914年初春。

注释

［1］芳草天涯——喻女子，语出宋代苏东坡《鹊踏枝》词：“枝上柳绵吹又少，天涯何处无芳草。” 人似梦——人如同在梦境中一般惝恍迷离。

［2］萧郎——诗词中习用语。原为对姓萧男子的称谓。后泛指女子称其所爱男子之辞。温庭筠《赠知音》：“窗间谢女青蛾敛，门外萧郎白马嘶。”这里指秋影居士。玉钿——用玉制成花朵形的首饰。“解玉钿”表示对爱情坚贞不渝。唐人白居易《长恨歌》：“但愿心似金钿坚”。

东居杂诗（十九首）

（一）

却下珠帘故故[1]羞，浪持[2]银腊照梳头。

玉阶人静情谁诉，悄向星河觅女牛[3]。

题解

这组诗发表于1915年3月《南社》第十三集。其中除四、十一、十二首外，别见于1914年7月《民国》第三号，题为《示萧十二》。由此推之，当为曼殊此前在日本居留时的作品。按：1913年底，曼殊患肠炎，遵医嘱东渡日本西京养病，旋即转到东京闲居。1914年经常与国香、阿可、湘痕、真真、棠姬、阿蕉等日本女子来往，作于此一时期的这组诗，其内容显系记述作者与某日本女子的一段恋情。至于具体本事，已不可考。

关于这组诗，汪东在《铅椠余录》中说："余十六岁时，于日本东京识曼殊上人……越三年…… 1日，得曼殊邮寄《文学因缘》一册，并媵诗十九首，词旨悱恻，盖莫测其所蕴。"这组诗"题为《东居十九首寄病蝉海上》……后附病蝉跋语，称其芬婉绵丽，因题二绝……其一云：'天女维摩不碍禅，求珠沧海是前缘。何须更谱朝飞操，学得鸳鸯即是仙。'其二云：'崎岖海外暂归来，旧事凄凉首重回。今日更无消遣法，只将离梦绕银台。'"杨鸿烈在《苏曼殊传》中称这组诗"'蒨丽绵眇'"，曼殊浪漫艳美的天才，于此完全泄露出了。

萧十二，萧萱，字纫秋，湖北均县人。同盟会员。曼殊1914年在《民国》杂志时代的朋友。曼殊时有诗画相赠。

注释

[1]却下珠帘——放下用珠子串成的帘子。语本李白《玉阶怨》："却下水精帘，玲珑望秋月。"故故——频频。

[2] 浪持——随意拿着。

[3] 星河——即河汉。语本《古诗十九首》："迢迢牵牛星，皎皎河汉女。纤纤擢素手，札札弄机杼。终日不成章，泣涕零如雨。河汉清且浅，相去复几许？盈盈一水间，脉脉不得语。"女牛——指织女星和牵牛星。后来由星名衍化为人们熟知的牛郎织女的神话故事。

（二）

流萤[1]明灭夜悠悠，素女婵娟[2]不耐秋。

相逢莫问人间事，故国[3]伤心只泪流！

注释

[1] 流萤——飞行不定的萤火虫。杜牧《秋夕》：“银烛秋光冷画屏，轻罗小扇扑流萤。”

[2] 素女——神女名。《史记·封禅书》：“太帝使素女鼓五十弦瑟，悲，帝禁不止，故破其瑟为二十五弦。”此借指日本女郎。婵娟——容姿美好。

[3] 故国——祖国，指中国。按：曼殊1914年流寓日本，贫病交加，故诗中往往流溢出个人感伤的微吟轻叹。辛亥革命后，益发颓唐自伤，孤吟欲绝。尽管如此，然“宗国兴亡，岂无责耶！”（《释曼殊代十方法侣宣言》），在他的爱情诗中，亦不时披示出对国家命运的系念。

（三）

罗襦[1]换罢下西楼，豆蔻[2]香温语不休。

说到年华更羞怯，水晶帘下学箜篌[3]。

注释

[1] 罗襦——薄罗短袄。

[2] 豆蔻——多年生草本植物，外形似芭蕉，开淡黄花，果实扁球形，种子像石榴子，辛香气和。果实种子可入中药。唐人杜牧《赠别》诗："娉娉袅袅十三余，豆蔻梢头二月初。"借以形容娇小的女子。此处即用其意。

[3] 学箜篌——暗指15岁。语本乐府诗《焦仲卿妻》："十五弹箜篌，十六诵诗书。"箜篌，一作"空侯"。古乐器名。相传汉武帝使乐人侯调所造。（见应劭《风俗通》）体曲而长，状似古瑟，二十三弦或二十五弦，用木拨弹奏。

日本有竖箜篌、卧箜篌两种。曼殊《诗文杂记》：“空侯，师延所作。一名‘坎侯’，马上所弹也。”按：从此诗为容看，似为曼殊回忆与某日本女子初见时之情景。

（四）

异国名香莫浪偷，[1]窥帘一笑意偏幽[2]。

明珠欲赠[3]还惆怅，来岁双星[4]怕引愁。

题解

[1]异国——指日本。浪——随便。此句意谓对异国女郎不可轻易产生爱情。

[2]窥帘——指女子钟情男子。典出《世说新语·惑溺》和《晋书·贾充传》，据二书载，晋朝韩寿，姿容美丽，权臣贾充召之为僚属。贾充有女名午，从帘幕后窥而悦之，遂成私情。贾女竟窃父亲所藏御赐奇香以赠，后被贾充发觉，秘而不宣，终便将其女贾午嫁与韩寿。按：曼殊在1913年、1914年自日本驰函友人的信中，数见“有倚槛窥帘之胜”之语。意偏幽——情意特别深挚。

[3] 明珠欲赠——意谓拟送定情之信物于对方。语出张藉《节妇吟》："君知妾有夫，赠妾双明珠。感君缠绵意，系在红罗襦。"

[4] 双星——指牵牛星和织女星。

（五）

碧栏干外夜沉沉，斜倚云屏烛影深[1]。

看取红酥[2]浑欲滴，凤文双结[3]是同心。

注释

[1] 云屏烛影深——语出李商隐《常娥》：“云母屏风烛影深，长河渐落晓星沉；常娥应悔偷灵药，碧海青天夜夜心。”云屏：绘有云气图案的屏风。

[2] 红酥——红色的酥油。指烛泪。

[3] 凤文双结—— 指将两根绣有丹凤花纹的带子结在一起。比喻双方心心相印。

（六）

秋千院落月如钩[1]，为爱花阴懒上楼。

露湿红蕖波底袜[2]，自拈罗带淡蛾羞[3]。

注释

[1] 月如钩——语本李煜《乌夜啼》：“无言独上西楼，月如钩。”此处看似景语，实乃情语，不单指形容月亮小而弯也。

[2] 红蕖波底袜——有“红蕖波底”图案的袜子。红蕖：即红莲。莲，又名荷花。唐人李白《玉阶怨》：“玉阶生白露，夜久侵罗袜。”此处即本其意。

[3] 淡蛾羞——颜色既淡且细的眼眉，隐含着女子的羞涩之意。按：此诗似为颦眉深坐者曲写幽怨之恳，其内结构表现为一个叙事的框架，呈现出一个闺中女性在特定的时间情境中的动作流程，这一过程并非瞬间呈现，而是由诗人“叙述”出来的——这就使得全篇情致幽婉，余味曲包。

（七）

折得黄花赠阿娇[1]，暗抬星眼谢王乔[2]。

轻车肥犊金铃响，深院何人弄碧箫[3]？

注释

［1］黄花——菊花。阿娇——汉武帝皇后陈氏名阿娇。汉武帝少时曾曰：“若得阿娇作妇，当作金屋贮之也。”遂成“金屋藏娇”之成语。后“阿娇”亦常被用以借指所爱之女子。

［2］星眼——喻美女之眸。王乔——古仙人王子乔，周灵王太子姬晋。《列仙传》载：王乔好吹笙，常作凤凰鸣，游于伊、洛之间，浮丘生将其接上嵩山，成仙后乘白鹤至缑氏山头，举手谢时人，数日而去。《古诗十九首·生年不满百》：“仙人王子乔，难可与等期。”此处诗人借以自指。

［3］碧箫——装饰着碧玉的箫管。

（八）

碧沼[1]红莲水自流，涉江同上木兰舟[2]。

可怜十五盈盈女，不信卢家有莫愁。[3]

注释

[1] 碧沼——碧绿清澈的池塘。《韵会》：“园曰池，曲曰沼。”

[2]木兰舟—— 以木兰树制造的船。梁·任昉《述异记》：“木兰舟在浔江七里洲中，多木兰树。昔吴王阖闾植木兰于此，用构宫殿也。在七里洲中，有鲁班刻木兰为舟。舟至今在洲中。诗云‘木兰舟’，出于此。”此处泛指船只。唐朝马戴诗：“猿啼洞庭湖，人在木兰舟。”

[3] 盈盈女——姿容美好的女子。《古诗十九首·青青河畔草》：“盈盈楼上女，皎皎当窗牖。”这里指那位心爱的女子。卢家有莫愁——梁时洛阳有女子名莫愁。语本李

商隐《马嵬》："为何四纪为天子，不及卢家有莫愁。"莫愁原为古洛阳女子，嫁与卢家为妇。梁武帝《河中之水歌》："河中之水向东流，洛阳女子名莫愁。莫愁十三能织绮，十四采桑东陌头，十五嫁为卢家妇，十六生子字阿侯。"按：诗人在此择用"莫愁"之典，乃取其本义，意谓不信人世间真有"莫愁"这样一位无忧无虑的美丽女子。

（九）

灯飘珠箔玉筝秋，[1] 几曲回阑水上楼。

猛忆定庵哀怨句："三生花草梦苏州"。[2]

注释

［1］珠箔——珠帘。玉筝秋——于秋日弹筝。

［2］定庵（1792—1841年）——即龚自珍，清代著名诗人，浙江人。清宣宗道光九年（1829年）进士，历任宗人府主事、礼部主事等职。憎恶现实，渴望变法，诗文极力提倡"更法""改阁"，纵横奇肆，自成一家。这里的"哀怨句"乃指龚自珍的《己亥杂诗》第二五五首。原诗是："凤泊鸾飘别有愁，三生花草梦苏州；几家门巷斜阳改，输与船娘住虎丘。"意谓灵箫（龚自珍48岁时在袁浦结识的妓女）固然姣美，可她仿佛前生便注定要沦落为娼，如今处境十分悲惨，竟至连最下层的船家妇女都不如。三生：佛教用语。

指前生、今生、来生。这里侧重指前生。即是说今生发生的事情是由于前生造下的因。典出唐人小说《甘泽谣》：李源跟惠林寺和尚圆泽甚为投契，乃同游三峡，忽见一妇女在汲水，圆泽遂对李源说："此乃我托身之地，12年后，中秋月夜，在杭州天竺寺外，与您相见。"当晚圆泽逝世。其后，李源如期到杭州访问，果遇一牧童唱《竹枝词》道："三生石上旧精魂，赏月吟风不要论；惭愧情人远相访，此身虽异性常存。"据传这个牧童就是圆泽的后身。又据《传灯录》载："有一省郎，梦至碧岩下一老僧前，烟穗极微，云此是檀越结愿，香烟存而檀越已三生矣。"按：诗人在此触景生情，藉龚自珍的名句宣达自己的刻骨乡思。

（十）

银烛金杯映绿纱，空持倾国对流霞。[1]

酡颜欲语娇无力[2]，云髻新簪白玉花[3]。

注释

[1] 空持倾国对流霞——此句为“空持流霞对倾国”的倒装。倾国，称誉女性容貌绝美之辞。语本古诗《李延年歌》：“北方有佳人，绝世而独立，一顾倾人城，再顾倾人国。”流霞，神话传说中的仙酒名。《抱朴子·祛惑》：“河东蒲坂有项曼都者，与一子入山学仙，十年而归家。家人问其故，曼曰：‘……仙人但以流霞一杯与我，饮之辄不饥渴。’”按：关于此诗，时人罗建业在《曼殊研究草稿》一文中评价甚高，他认为：曼殊“也尽有好诗，集中富丽之作，如云‘银烛金杯映绿纱，空持倾国对流霞’，云云，虽使温（庭筠）、李（商隐）复生，亦无以过之。”

［2］酡颜——酒后变红的脸。《楚辞·招魂》："美人既醉，朱颜酡些。" 娇无力—— 娇柔得若无力气。语本白居易《长恨歌》："侍儿扶起娇无力。"

［3］云髻——墨黑卷曲、浓密如云的发髻。吴延济注曹植《洛神赋》"云髻峨峨，修眉联娟。"吴延济注："云髻，美发如云也。" 白玉花——白玉制成的花形首饰。李商隐《谑柳》："已带黄金缕，仍飞白玉花。"

（十一）

蝉翼轻纱[1]束细腰，远山眉黛[2]不能描。

谁知词客蓬山[3]里，烟雨楼台梦六朝。[4]

注释

[1] 蝉翼轻纱——如同秋蝉的羽翼一样轻薄而透明的纱绸。

[2] 远山眉黛——黛，一种青黑色颜料，古代女子用以画眉。此喻女子眉毛之秀美。《西凉杂记》卷二：“文君姣好，眉色如望远山，脸际常如芙蓉。”

[3] 词客——犹言诗人，此处作者自指。蓬山——蓬莱山。海外三神山之一。《汉书·郊祀志》：“自威、宣、燕昭使人入海求蓬莱、方丈、瀛州。此三神山者，其传在渤海中，去人不远。”此喻该女郎的居所。

[4] 烟雨楼台梦六朝——此处借指僧寺，语本杜牧

《江南春》：“千里莺啼绿映红，水村山郭酒旗风；南朝四百八十寺，多少楼台烟雨中。”南朝：即六朝，指我国历史上建都于金陵的吴、东晋、宋、齐、梁、陈等六个朝代。其时佛教大兴，香火炽盛。按：曼殊1914年6月20日自日本驰函沈燕谋，云：“衲东居百病丛生，无复昔时斗鸡走马之豪气……回怀乌鹊桥边，滚绣坊里，未尝不黯然魂消也。”又9月17日自日本答徐忍如函曰：“此日天气已凉，虽有倚槛窥帘之盛，何如春申江畔斗鸡走马之快耶？”由此揆之，此句意谓诗人虽身在日本，仍魂牵梦绕于故国。

（十二）

胭脂湖畔紫骝[1]骄，流水栖鸦认小桥。

为向芭蕉[2]问消息，朝朝红泪[3]欲成潮！

注释

［1］胭脂湖—— 一作“燕支湖”，未详。疑是曼殊虚拟的地名。骝—— 赤身黑鬣的骏马。

［2］芭蕉——比喻空虚不实之物。语本《维摩经》：“是身如芭蕉，中无有实。”钱起《咏芭蕉》：“心虚含夕露，叶大怯秋风。”

［3］红泪——女子的眼泪。语出王嘉《拾遗记》：“（魏）文帝所爱美人姓薛，名灵芸……闻别父母，觑欷累日，泪下沾衣，至升车就路之时，以玉唾壶承泪，壶则红色，既发常山，及至京师，壶中泪凝如血。”按：从诗境看，此诗似为曼殊虚设对方思念自己的难堪情状。

（十三）

谁怜一阕断肠词[1]，摇落秋怀[2]只自知！

况是异乡兼日暮[3]，疏钟红叶坠[4]相思。

注释

［1］一阕断肠词——一首令人悲恸欲绝的诗词。断肠词，原系南宋女词人朱淑真的词集名，一卷，二十余首，因自伤身世，故以其名。这里泛指悲痛之辞。

［2］摇落秋怀——秋天草木凋残零落时惹起的愁怀。宋玉《九辩》："悲哉秋之为气也，萧瑟兮草木摇落而变衰。"摇落：凋残零落。语本李商隐《摇落》："摇落伤年日，羁留念远心。"

［3］异乡兼日暮——异乡，指日本。语本王维《九月九日忆山东兄弟》："独在异乡为异客，每逢佳节倍思亲。"

［4］红叶——指经霜变红的树叶。坠——一作"起"。

1914年1月23日，曼殊尝自日本驰函陈陶怡，内云：“‘病室之外，有枯桐数株，举头望月，尚念海上解语之花，不识飞向谁家耶？老三、老五、老九究属少疾少恼否？敬求道兄为善护之，天心自有安排耳。”又4月14日自日本复沈燕谋函曰：“昔时傒侣云散风流，不能令人无青峰江上之思。过沪时当亲访诸姬，一诉吾飘零之憾。”按：以上诸函与此诗创作时间非常接近，可以想见曼殊此次寓居日本之心境。又，诗人在此下一“坠”字，尤当措意，堪称诗眼，含有失意、无奈、怅惘之多重意味，且与全诗联结为一个浑成的整体，有令人寻绎不尽之妙。

（十四）

槭槭[1]秋林细雨时，天涯飘泊欲何之？

空山流水无人[2]迹，何处蛾眉[3]有怨词？

注释

[1]槭槭——风吹叶动声。语出唐人刘禹锡《秋声赋》："草苍苍兮人寂寂，树槭槭兮虫咿咿。"

[2]人——作"踪"。

[3]蛾眉——女子长而美的眉毛。此处借指该女郎。

（十五）

兰蕙芬芳[1]总负伊，并肩携手纳凉时。

旧厢风月重相忆，[2]十指纤纤擘荔枝[3]。

注释

[1]兰蕙芬芳——比喻女郎品貌美好。兰、惠皆为香草。

[2]风月——原指清风明月的美好景色，此引申为男女情爱之事。按：此句系上句之转语，亦即“重相忆”的内容系承上两句而来，由是注者不禁想起罗建业在《曼殊研究草稿》中所言：“古来言情之作，大概都是些私通偷期一类秘密干的，如云‘思君子兮未敢言’也者，便是极端的例子。至于曼殊他便敢于双双携手的，大踏步于长坂路上了，这是时世的不同。”而这种“不同”，大概也就是郁达夫所说的曼殊的诗，具有“一脉清新的近代味”吧。

[3]擘—— 通“掰”，剥开。曼殊《非梦记》有段与“擘

荔枝”相关的描写，兹照录如下，以供参考。凤娴生于富家，手指纤纤，对生浓情蜜意，日益加切。一日，阿娟将荔支进，凤娴为生擘之。此时各有心绪，脉脉不宣。阿娟既退，凤娴含笑问曰：“有人咏荔支壳云：‘莫道红颜多薄命，昨宵曾抱玉郎来。’二语工乎？”生似有所念，已乃漫应曰：“工。”

（十六）

翡翠流苏[1]白玉钩，夜凉如水待牵牛。[2]

知否去年人去后，枕函红泪[3]至今留？

注释

[1] 流苏——帐幕间下垂的穗子，古人多用五彩羽毛或丝绒制成，作为装饰。曼殊《诗文杂记》：“‘流苏’者，花鬘。见《宝楼阁经》。”

[2] 夜凉如水待牵牛——语本杜牧《秋夕》：“天阶夜色凉如水，卧看牵牛织女星。”“牵牛”此处借喻诗人自身。

[3] 枕函——匣状的枕头。红泪——指女子的眼泪。参看《东居杂诗》（十二）注[3]。按：曼殊1912年10月离开日本返国，迨至1913年12月才重渡日本，其间大约相隔一年。按：从诗境看，诗人似借该女子口吻，状写别后相思之苦。其高妙之处在于将诗的视角从“我”挪到对方

形成反观，使诗境更形曲折，意蕴更形深婉。此种“忌直贵曲”之法正为曼殊所独擅。

（十七）

人间天上结离忧[1]，翠袖凝妆[2]独倚楼；

凄绝蜀杨丝万缕，替人惜别亦生愁！[3]

注释

[1] 人间天上——形容两地悬隔，不可获睹。离忧——指别离后日渐深重的忧愁。

[2] 翠袖凝妆——代指日本女郎。语本王昌龄《闺怨》:“闺中少妇不知愁，春日凝妆上翠楼。忽见陌头杨柳色，悔教夫婿觅封侯。”

[3] 蜀杨——原产于四川一带的杨柳树。丝万缕——极言杨柳枝条之多。此处暗用《诗经·采薇》：“昔我往矣，杨树依依”之意。按：此两句与全诗构成一个余味曲包的抒情网络，从而使诗意得以最后生成。作为客体物象的“蜀杨”，

经由诗人拟人化的修辞手段，使二者获得意蕴上的沟通，即“凄绝”的“蜀杨”与“惜别”的“人”可以相为隐喻。易言之，诗人借助隐喻，将意象编织成一个“有意味的形式”，从而使诗歌的魔力轰然释放出来，生发出强烈的艺术效果。

（十八）

六幅潇湘曳画裙，[1]灯前兰麝自氤氲。[2]

扁舟容与[3]知无计，兵火头陀泪满樽[4]。

注释

[1] 六幅潇湘曳画裙——此句从谭嗣同诗中化出。据曼殊《燕子龛随笔》载："谭嗣同《寥天一阁》文，奇峭幽洁。《古意》两章，有弦外音，（其二）曰：'六幅潇湘曳画缯，珠帘垂地暗香凝，春风不动秋千索，独上红楼第一层。'"六幅，古人制裙多用六块布料合成。潇湘，湖南省之湘水与潇水于永州市零陵区西合流，故称潇湘。此指绘有潇湘山水图案的裙子。曳，拖。

[2] 兰麝——兰，兰花。麝，麝香。香味甚浓。此泛指芬芳之香气。氤氲——香气混合充盈貌。

［3］扁舟容与——典出《吴越春秋》及《越绝书》。相传春秋时越国大夫范蠡辅佐越王勾践灭吴雪耻后，偕美女西施乘扁舟泛五湖，从此归隐。容与——从容适意。

［4］兵火头陀——原指在战火中逃难的僧人。这里指饱经劫难的和尚。头陀，梵语，亦作“杜多”。慧苑《新译大方广佛华严经音义》：“头陀，正云‘杜多’，此云‘抖擞’，谓去离缘，务必欲知足等十二种行，皆能弃舍烦恼故也。”《善住意天子经》：“头陀者，抖擞贪欲、嗔恚、愚痴。”后俗称行脚乞食的僧人为头陀。此处乃诗人自称。——此句意谓国势阽危，政黯民怨，自己岂能漠然于怀。至于与该女郎泛舟归隐，更为虚幻。此句与前句“知无计”相呼应。樽——古代盛酒器具。

（十九）

珍重嫦娥白玉姿[1]，人天[2]携手两无期。

遗珠[3]有恨终归海，睹物思人更可悲。

注释

［1］嫦娥——神话传说中月宫里的仙女。这里指意念中的那位天仙般女子。白玉姿——以白玉喻该女郎姿容美好。

［2］人天——犹言生与死。此处反用唐人白居易《长恨歌》“但愿心似金钿坚，天上人间会相见”之意，意谓无论生前还是死后，双方绝无结成眷属的可能。

［3］遗珠——沧海遗珠之略语，此处借喻自己身后之境。

碧阑

碧阑干外遇婵娟[1]，故弄云鬟[2]不肯前。

问到年华更羞怯，背人偷指十三弦[3]。

题解

此诗录自文公直《曼殊大师全集》，柳亚子《苏曼殊全集》（开华本），题目作“碧阑”。此诗写作时间不详。细察此句末两句的意境，与《东居杂诗》（三）颇为相似（抒写与一日本女子邂逅之情状），故疑作于同一时期，即1914年。

注释

[1] 碧阑干——青绿色的栏杆。婵娟——美好意，即指

人亦可指物。唐人孟郊《婵娟篇》：“花婵娟，泛春泉；竹婵娟，笼晓烟；妓婵娟，不长妍；月婵娟，真可怜。”此处指女子之姣美者。《桃花扇·传歌》：“一带妆楼临水盖，家家分影照婵娟。”

[2]云鬟——形容妇女的发髻浓密卷曲如云。

[3]十三弦——指古筝。清人朱骏声《说文通训定声》：“古筝五弦，施于竹，如筑。秦蒙恬改为十三弦，变形如瑟，易竹以木，唐以后加十三弦。”唐宋时教坊所用的筝均为十三弦。此处暗指那位女子的岁数。按：古时认为女子13岁开始成熟。杜牧《赠别》：“娉娉袅袅十三余，豆寇梢头二月初。”又，宋代张先《菩萨蛮》词：“哀筝一弄湘江曲，声声写尽江波绿。纤指十三弦，细将幽恨传。”

晨起口占

一炉香篆[1]袅窗纱，紫燕[2]寻巢识旧家。

莫怪东风无赖甚，春来吹发满庭花。[3]

题解

此诗录自柳亚子《苏曼殊全集》（开华本）。写作时间不详。但从“紫燕寻巢识旧家”一句看，似是反映诗人于南洋爪哇任教时的生活情状。如是，则可断其作于1910年春季。其时，曼殊漂流绝岛，思乡怀国之念愈切。6月23日，曼殊曾自爪哇驰函高天梅、柳亚子道：“遥念诸公文酒风流，而我漂流绝岛，嗟夫！病骨还剩几朝，尚不可知，焉问归期！”口占——随口吟成。

注释

［1］香篆——承接香末的器皿。《香谱卷下》："香篆，镂木以为之，以范香尘，为篆文，燃于饮席或佛像前，往往有至二、三径尺者。"后亦指焚香时所升起的形似篆文的香或烟缕。

［2］紫燕——燕的一种，躯体轻小，胸脯紫色，产于南方滨海地方，春季北飞，于室内营巢。

［3］无赖——犹言无聊，指无所事事、无所依凭之状。按：曼殊"漂流绝岛"，每言旅思乡愁。此诗独擅掣胜之笔，殊耐循诵。首句既拈出"一炉香篆"，禅心固应不动。次句言"紫燕寻巢"，便有羁愁袭来。怜此红襟俊羽，犹识旧家，托思苍凉。三四句以庭花兴怀，吐属蕴藉，彼无赖东风，纵吹开庭花，安能知羁客之愁？只为香气入枕，搅人乡梦耳。此句妙在写景能得其全神，其诗境亦由此深转一层，情味弥永。

题蔡哲夫藏担当《山水册》

一代遗民[1]痛劫灰，闻师[2]从听笑声哀。

滇边山色俱无那[3]，迸入苍浪泼墨[4]来。

题解

此诗录自施蛰存所辑的《燕子龛诗》。写作时地均不详。据施蛰存致马以君的信云："曼殊题担当画册诗已不记得从何处抄来，仿佛亦出卅年代所出之曼殊诗集。"从曼殊同蔡哲夫的交往来看，彼此相识大约在1909年春天。同年8月，曼殊自东京返至上海，蔡哲夫曾介绍他请佛莱蔗为题画册，二人在国学保存会时相聚首。诗的前两句，内容是符合国学保存会宗旨的。时隔不久，曼殊即南行爪哇，迨至1912年回国时才绕道广州与蔡哲夫晤面。而在此前后，曼殊与蔡哲夫的通信虽时有谈及作画题词，但从无涉及担当山水画册。

此外，据蔡哲夫夫人谈月色在《失所藏曼殊画·附志》中谈到南京寓所失画一事时，是将曼殊和担当的画以及佛莱蔗的题诗并提的。基于此，这首诗疑作于1909年期间。

注释

［1］一代遗民——指明亡后入清而不愿出仕的人。

［2］师——指担当和尚。施蛰存在致马以君先生信中说："此诗中疑有误字（第二句），亦无可校核"。

［3］滇——战国时楚将庄跻曾在此建立滇国。汉武帝元狩年间滇王曾协助汉使探求通往印度的道路。无那——即无奈，无可奈何。王维《酬郭给事》："强欲从君无那老，将因卧病解朝衣。"

［4］泼墨——中国山水画的一种技法。画时用水墨挥洒纸上，其势如泼。泼墨法相传始于唐时王洽（默）。据《宣和画谱》云："王洽不知何许人，能善泼墨成画，时人皆号为'王泼墨'……每欲作图画之时……先以墨泼图障之上，乃因似其形象，或为山，或为石，或为林，或为泉者，自然天成，倏若造化，已而云霞卷舒，烟雨惨淡，不见其墨污之迹。"后泛指笔势豪放、墨如泼出的画法。

附编：断句五联

恒洒落日千山碧，
王舍号风万木烟。
——录自《文学因缘自序》

壮士横刀看草檄，
美人挟瑟请题诗。
——录自《书信集》

随缘消岁月，
生计老袈裟。
——录自《书信集》

乾坤容我静，
名利任人忙。
——录自郑逸梅《南社丛谈》

芙蓉腰带春风影，
茉莉心香细雨天。
——录自萧纫秋所藏《曼殊杂记》手迹

附录一：苏曼殊年谱

1884年（光绪十年），1岁

光绪十年八月二十一日（1884年10月9日）生于日本横滨，姓苏名戬，号子谷，小名三郎，后易名元瑛、玄瑛。受当时文坛风气的影响，名号甚多，曾用曼、三、三郎、苏湜、玄瑛、瑛、行人、南国行人、博经、非非、苏非非、雪蝶、雪、春蚕、阿难、印禅、心印、苏文惠、林惠连、糖僧、燕影生、燕影子、燕子山僧、泪香、王昌、宋玉、玉、孝穆、汪玄度、栾弘、昙鸾、飞锡等。曼殊是其在大同学校就读时所用的字。原籍广东省香山县恭常都沥溪乡苏家巷。

祖父苏瑞林，名仁昌，经营进口业起家，系中国早期从事海外贸易的经商者。时年六十有七，退休在原籍。生有五子一女。

父亲苏杰生，名胜，一名仁章，又名朝英，时年三十有九，于横滨英商万隆茶行任买办。中年后捐有官职。

生母河合若，时年19，河合仙之胞妹，时在苏家助理家务。苏杰生与之私通，怀孕后借辞工移居别处。曼殊生未三月，若子便跟杰生脱离关系，不知其踪。曼殊遂由河合仙抚养。

义母河合仙，苏杰生之妾，时年36。日本神奈川县逗子樱山村人。

嫡母黄氏，中山人，时年37。在夫籍。

庶母大陈氏，年17，居横滨。

1885年（光绪十一年），2岁

住横滨云绪町，由河合仙抚养。体弱，“因病几死者屡”。（河合仙《曼殊画谱·序》）

1886年（光绪十二年），3岁

居横滨。

嫡母黄氏抵横滨，与杰生、大陈氏同住。

1887年（光绪十三年），4岁

居横滨。河合若接曼殊去东京小住。好图画，“伏地绘狮子，频伸状，栩栩欲活”。（《潮音·跋》）

1888年（光绪十四年），5岁

居横滨。由苏家认领，起名亚戬，排行三，称三郎，仍由河合仙抚养。

1889年（光绪十五年），6岁

随黄氏返广东沥溪老家。

1890年（光绪十六年），7岁

在沥溪，随祖父母、嫡母生活。

入简氏大宗祠乡塾。业师苏若泉，清举人。

时谱主“以身体衰弱之故，虽在塾读书，一年而大半为病魔所苦”。（苏绍智《先叔苏曼殊之少年时代》）

1891年（光绪十七年），8岁

在乡塾就读，庶母小陈氏嫁入苏家。

1892年（光绪十八年），9岁

在乡塾就读，习国学。

冬，杰生经营失败，偕两陈氏归原籍。

河合仙因大陈氏挑唆而与苏杰生关系破裂，自居横滨云绪町一丁目第五二番地。

1893年（光绪十九年），10岁

在乡塾就读。

1894年（光绪二十年），11岁

在乡塾就读。

因“广中重宗法，族人以子穀为异类，群摈斥之”。（章太炎《曼殊遗画·弁言》）

1895年（光绪二十一年），12岁

苏杰生往上海经商。曼殊在乡塾就读，大病，被置诸柴房，几死。

新会慧龙寺赞初大师携其至广州六榕寺出家，因偷食五香鸽肉犯戒被逐。

1896年（光绪二十二年），13岁

就读乡塾。时患病，备受其婶虐待。

冬，随二姑苏彩屏、二姑父陈猷墀赴沪，与杰生及大陈氏同居。习中西文，受教于西班牙罗弼·庄湘博士。

1897年（光绪二十三年），14岁

在上海随庄湘博士习英文。祖父病逝，杰生返乡。谱主独留沪，学习费用悉由父执陈仲谱资助。

11月14日，祖父苏瑞文在乡病逝。

11月29日，小陈氏在乡病逝。

1898年（光绪二十四年），15岁

初春，随表兄林紫垣赴日，考入华侨主办的大同学校乙级班习中文。时校长为徐勤，同学有冯自由、郑贯一、张文渭、苏维翰等。

时往云绪町探母。

1899年（光绪二十五年），16岁

在大同学校学习。间作画。

曾于暑假期间随河合仙去逗子樱山村，与一日本少女相恋。少女溺水而亡后，回广州，披剃于蒲涧寺。

复返横滨，重入大同学校。

1900年（光绪二十六年），17岁

在大同学校学习，升入甲级班。

1901年（光绪二十七年），18岁

在大同学校学习。因在绘画方面颇露圭角，在该校助教美术。

秋，入选梁启超举办的夜间中文班深造。

1902年（光绪二十八年），19岁

与苏维翰、张文渭至东京筹议升学，先投考高等师范学校，旋与张氏转入早稻田大学高等预科中国留学生部，住牛込区某廉价旅馆。其生活费用悉由表兄林紫垣提供，殊为拮据。

冬，加入革命团体“青年会”，交游日广，结识秦毓鎏（效鲁）、叶澜、清漪等。开始致力于古诗文，才思大进。

该年，参与兴中会活动，并结识廖仲恺、何香凝、朱执信等。

1903年（光绪二十九年），20岁

初春，易名“苏湜”，考入成城学校学习陆军，与刘三（季平）同学，关系契密。

4月，加入“拒俄义勇队”。始识陈去病。

5月2日，参与改“义勇队”为“学生军”的商议。翌日，编入学生军甲区队，识蓝天蔚、刘成禺、许寿裳、纽永建、陈天华等。

5月11日，加入“军国民教育会”。

因谱主倾心革命，招致表兄林紫垣的极力反对，并断其经济，迫令辍学返原籍。

9月初，作《以诗并画留别汤国顿》（二首），乘“博爱轮”回国。

在船上，作伪遗书寄林紫垣，托词投海自杀。

抵上海登岸，即到苏州丁香巷吴中公学任教，教授英文及兵式体操。始识包天笑（朗孙）。

同时在唐家巷小学兼课。作《吴门道中闻笛图》《儿童扑满图》。并与包天笑、朱梁任去狮子山招国魂，吟诵《招国魂》。

10月初，至上海，在《国民日日报》任翻译。与陈独秀（仲甫）、章士钊（行严）、何梅士（靡施）等同事。

撰《女杰郭耳缦》，10月7日至12日，连载于《国民日日报》。

译嚣俄（雨果）《惨社会》（一名《惨世界》），于10月8日至12月1日，连载于《国民日日报》。

撰《呜呼广东人》，刊发于10月23日的《国民日日报》。

12月初，《国民日日报》因内讧停版，与陈独秀、章士钊、何梅士租屋同住。几天后，悄然离沪。

入湖南“参拜衡山，登祝融峰，俯视湘流明灭”。作画赠雨华庵老僧。

12月中旬，抵香港，经冯自由介绍，居士丹利街《中国日报》社陈少白处。

12月24日，上海“额外公堂”对章太炎、邹容作了判决。

决意再度出家。得陈少白资助数十元。在番禺县园冈乡雷峰寺出家。

1904年（光绪三十年），21岁

1月初，受比丘戒。4日，受菩萨戒。月末，行脚抵擘梨山。

在惠州金堡古寺挂单，化缘投宿山寺、南海波罗寺、韶关南华寺，登祝融峰。作《参拜衡山图》。

因不堪为僧之苦，窃取已故师兄遣凡（法名博经）在广州雷峰海云寺的度牒，落魄回港。自此便以度牒上所称“新会慧龙寺赞初长老弟子博经”自称，并自命法号曰“曼殊”。

取道惠州步行至广州，转乘轮船至香港。重寓《中国日报》社。因愤于保皇党首领康有为的猖獗，拟用手枪暗杀之，被陈少白力阻乃止。

3月中旬，遇同乡简世昌，简告知其父在原籍病重，欲见一面，力劝速返，曼殊托词未归。苏杰生于3月15日病殁，得年60。

在香港访庄湘，得其资助，拟往游南洋诸佛教圣地。

3月下旬，自香港至上海，到国学社访叶澜，决计南游。

春末，北上朝拜杭州灵隐寺，至上海。逆长江而上，经四川、云南，沿蜀身毒道，到达暹罗（泰国），住锡盘谷（曼谷）龙华寺。在暹罗，从乔悉摩长老学习梵文；在锡兰，应聘于菩提寺。

经由马来西亚、越南，返回中国。过越南，再次受戒。

7、8月间，经广州至长沙，应秦毓鎏之聘任湖南实业学堂监舍，与张继（溥泉）、杨德邻（性恂）、杨守仁（笃生）等同事。兼任明德学校、经正学校图画课。

因监舍位卑，常为生徒所侮，故背人兀坐，歌哭无常，见人时目炯炯直视，数分钟不转睛，举校呼为“苏神经”。

加入“华兴会”，参与长沙起义的策划工作。

1905年（光绪三十一年），22岁

上半年，仍在长沙执教。

暑假，至上海，访秦毓鎏，经常出入于歌场妓院。

参与筹建江南书报社，拜会陈散原、陈衡哲。与伍仲文切磋佛学。

秋，至杭州，作《江山无主月空圆图》。并作画寄陈独秀。作七绝《住西湖白云庵院作此》。

至南京，在陆军小学作英文教师，与刘三同事。为其作《白门秋柳图》。

结识新军标统赵声（伯先），时相往来。作《绝域从军图》。偕刘三登鸡鸣寺，作《登鸡鸣寺观台城后湖》。

与伍仲文再登鸡鸣寺，合作五言“联句”。

爱恋秦淮河上歌伎金凤。作《有怀》（二首）、《集义山句怀金凤》。

1906年（光绪三十二年），23岁

返长沙，在明德学堂教课，住永福寺。

3月初，作《花朝》《春日》二诗。

作《渡湘水寄怀金凤图》。

暑假后至芜湖，在皖江中学任教，并在安徽公学兼课。不久，至上海。作《次韵奉答怀宁邓公》。为高吹万绘扇面。识柳亚子、高天梅等人。

夏，应刘师培之邀，至芜湖皖江中学任教。结识邓绳侯（藕孙）、陶成章（焕卿）、龚宝铨（薇生）等。与邓绳侯、江彤侯游南京，合影留念。作《莫愁湖寓望》一诗。

撰成《文学因缘》。

是年夏，偕陈独秀东渡日本省母。途中译拜伦诗，并作《拜伦诗选序》。识章太炎、汪东。

省母不遇，于8月下旬偕陈独秀、邓以蛰自日本回上海。会晤刘三。旋赴皖江中学堂，因学校风潮，未上课。

10月中旬，至南京，作画寄刘师培。继赴上海，欲入留云寺为僧，未果。

10月21日，偕陶成章、龚宝铨游杭州西湖；26日，返回上海，居爱国女校。得英人祖梨手绘《露伊斯美索尔像》，即为文感赞，发表于《天义报》。

11月22日，启程往温州，十多天后仍走上海，居八仙桥鼎吉里中国同盟会驻沪机关总部。

12月中旬，寂处小楼，自学梵文。

1907年（光绪三十三年），24岁

1月，频频往来于上海——温州之间。

初春，因反清遭上海镇守郑尔城通缉。

2月，与刘师培、何震夫妇东渡日本。过平户岛，谒郑成功诞生处，为诗。

13日，抵达马关，作画。

与章太炎等同寓东京《民报》社。其间，埋头梵文著译和作画。完成《梵文典》数卷，撰自序及广告。在《民报》增刊《天讨》

上发表《猎狐图》《岳鄂王游池州翠微亭图》《徐中山王莫愁湖泛舟图》《陈元孝题奇石壁图》《太平天国翼王夜啸图》等画幅。

4、5月间，与章太炎、陈独秀、刘师培等组织“亚洲和亲会”，旨在“反对帝国主义，期使亚洲已失主权之民族，各得独立”。

春，《梵文典》首卷成书。

与章太炎合写《告宰官白衣启》《儆告十方佛弟子启》。

与章太炎送印度志士钵罗罕归国。

在西户部茅舍寻访到河合仙。作七绝《忆刘三、天梅》。

6月，由《民报》社搬入《天义报》社，著文评《罢工者》图。并在该报先后发表绘画九幅，分别为《孤山图》《秋思图》《江干萧寺图》《清秋弦月图》《登鸡鸣寺观台城后湖图》《寄邓绳侯》《寄钵罗罕》《卧处徘徊图》《女娲像》。

夏，与周树人（鲁迅）等人筹备《新生》杂志出版，未果。

何震辑《曼殊画谱》，河合仙题序，章太炎题跋。拟与《梵文典》一书一并付印，未遂。

先后撰《画谱自序》《海哥美尔氏名画赞》等。

7月15日，秋瑾在绍兴就义，曼殊为其诗词集撰序。

《文学因缘》第一卷在东京印行。

9月下旬，自东京返上海，与陈去病同住国学保存会藏书楼，“对床风雨，意极可亲”。

结识邓秋枚（实）、黄晦闻（节）、诸贞壮（宗元），以及蔡哲夫（守）、张倾城夫妇。

为邓秋枚（实）、黄晦闻（节）作画。

始识校书（即妓女）花雪南。

冬，游西湖，得写经残石。

冶游秦楼楚馆。

12月10日，东渡日本，访张文渭。

是年，《法显佛国记惠生使西域记地名释及旅行图》成书。

1908年（光绪三十四年），25岁

1月2日，旅次长崎。

寓东京神田猿乐町清寿馆，专攻拜伦诗，并译歌德《题〈沙恭达罗〉》、拜伦《星耶峰耶俱无生》，撰《文学因缘自序》，后因患肝跳病就医横滨病院。为高天梅写《万梅图》，集画作三十余幅，谋出版，未果。

3月，转至《天义报》社与刘师培、何震夫妇同住，译《阿输迦王表彰佛诞生处》。

拟进真宗大学修习梵文，未果。

《文学因缘》出版。

春，侍河合仙旅行逗子。

章太炎、孙中山发生矛盾。

患精神抑郁症。

4月25日，于《民报》二十号上发表《岭海幽光录》。

5月初，章太炎与刘师培交恶，刘氏夫妇迁怒于谱主，即迁往友人家以避，“飘泊无以为计”，“只可沿门托钵”，“日坐愁城”。（曼殊1908年5月7日致刘三信）

6月，译成《婆罗海滨遁迹记》，发表于《民报》二十二、二十三号。又先后于东京《河南》杂志发表《洛阳白马寺》《潼关》

《天津桥听鹃图》《嵩山雪月》四幅画作。

7月，积极为上海国学保存会藏书楼捐书，分别为《游中禅寺记》一卷、《文海指铖》一卷、《三家咏物诗》一卷、《献替录》一卷、《菩提达摩》一卷、《陈白沙文钞》三卷、《泥舟遗稿》一卷。

河合仙由云绪町迁居南太町，并已再婚。

秋，曼殊偕日语翻译陈国权与河合仙及其新婚丈夫在“料亭”会晤两次。

拟与章太炎同游印度，因经费等原因，未果。

9月，返上海，住田中旅馆。中旬，至西湖白云庵，结识僧人得山、意周，不久，移至韬光庵，作《西湖韬光庵夜闻鹃声柬刘三》诗一首。

是月，《拜伦诗选》出版。

10月初，离杭州返上海。7日，应杨仁山（文会）函召至南京祇垣精舍任英文教员，住延龄巷杨公馆，与李晓暾（世由）、陈伯严（三立）同事。

译《印度护法尊者达波磨罗致杨仁山信》两封。

冬，来往于南京、上海之间。再次为上海国学保存会藏书楼捐书，分别为《菩萨成本经笺要》一册、《大乘起信论》一册、《大乘起信论疏》二册、《造像量度经》一册、《唯心集》《影响集二唱和诗》《观河集节钞》《测海集节钞》《琼楼吟稿》各一册、《莲池大师》一册、《大般涅槃经玄义》一册、《玉烟客仿古十二帧》十二册、《卢莫愁小影》一幅。

12月10日，患脑病，在祇垣精舍静养，杨仁山为曼殊细述秦淮马湘兰证果事。

1909年（宣统元年），26岁

1月2日，因病东渡日本休养。住东京小石川“智度寺”。同寓者有张卓身、龚薇生、罗黑芷、沈兼士等。后转与章太炎、黄侃同住。

回逗子樱山。作《终古高云图》。

作七绝《久欲南归罗浮不果，因望不二山有感，聊书所怀，寄二兄广州，兼呈晦闻、哲夫、秋枚三公沪上》。

在东京梵文学习班任翻译。与印度梵师弥君合译迦梨达舍《云使》诗一首，又自译印度女诗人陀露哆诗一首。

会见生母河合若。后，又去淀川省母。作《花朝》《淀江道中口占》。

过若松町，作《失题》《过若松町有感》《过若松町有感示仲兄》。

寓猿乐町，同诸多歌伎往来。热恋调筝人百助，作《本事诗》十首、《为调筝人绘像》二首，《调筝人将行，属绘〈金粉江山图〉，题赠二绝》《寄调筝人》三首。

春夏间，与章太炎、鲁迅、周作人等交往。

6月初，侍河合若旅行逗子，作《过蒲田》《落日》。绘《文姬图》。

《女子发髻百图》上半年成书。

作七绝《游不忍池示仲兄》。

8月，自江户回国，经蔡哲夫介绍，得识佛莱蔗，佛莱蔗为题画册。

又向上海国学保存会捐赠一批所藏书籍，分别为《云林集外》

一册、《云林诗集》四册、《支那日本乐器稽古》一册、《英文佛传》一册、《英文佛典》一册、《英译四书》六册、《印度史》二册、《不如归原本》一册、《英译不如归注释》一册、《英译金色夜义》一册、《释迦牟尼与女性》一册、《维摩诘所说经注》二册、《思齐大师遗稿》一册、《法文自在》一册、《法英字典》一册、《英文典》一册、《法语独修》一册、《英文杂话》七册、《英语集》一册、《英日一言有半》一册、《大圣释尊》一册、《英日文释迦耶苏传》一册、《新英语》一册、《英日文金言集》一册、《国民日日报备编四集》四册、《英文典》一册、《英日文尺牍》一册、《明季北略》六册、《明季南略》四册、《英文说部》四册、《英文杂话》一册、《英文惯用语法》一册、《英文配语法》一册、《英语文法文章论》一册、《英文佛经四种钞本》一册。另有《西乡月照投海图》《泉岳寺四十七义士图》一幅。

由上海至西湖，住白云庵，绘《古寺蝉声图》《山水横幅》《冷泉亭》《西冷桥》。此前译彭斯诗《颎颎赤墙靡》。

时值刘师培夫妇变节，南社成员雷昭性怀疑谱主与其同流合污，遂投函警告。为表清白，即离杭返沪。

10 月 4 日（旧历八月二十一日），蔡守夫妇做“三及第粥”，祝贺生日。

撰英文《潮音序》。

冬，经友人介绍，赴爪哇任教。途经香港、新加坡。舟中巧遇庄湘博士及其五女雪鸿。雪鸿赠西诗数册，并把英译《燕子笺》携往西班牙马德里谋求出版。

作七绝《题拜伦集》。译《英吉利闺秀诗选》。

任爪哇噫班中华学校英文教员。

拟译《沙恭达罗》，未果。

1910 年（宣统二年），27 岁

继续在爪哇噫班中学任教，结识黄水淇、张云雷、丁嵘、魏兰、沈均业，其中大都为光复会中坚。

咯血症复发。

秋前，访问印度，行前作画。

回爪哇，作五古《耶婆提病中，未公见示新作，伏枕奉答，兼呈旷处士》。

1911 年（宣统三年），28 岁

继续在爪哇任教。

《泰西群芳名义集》《沙昆多逻》成书。

5 月，到日本西京，旋赴东京。同时见到河合仙、河合若。又与儿时朋友飞锡聚会。《潮音》编定并于本年出版。

在东京遇费天健（公直），书苏格兰诗人彭斯《颎颎赤墙靡》（中英文）直幅相赠。

7 月中旬，返回爪哇。

作七绝《步韵答云上人》三首。

始撰中篇小说《断鸿零雁记》，并在泗水《汉文新报》发表该小说的开头部分。

《南洋丛话》成书。

10 月 10 日，武昌起义，不久上海光复。即典衣卖书，急谋归国服务，但因课务未成行。

《潮音》在东京出版。

1912年（宣统），29岁

初春，自爪哇起程，与魏石生、许绍南同行。途中作《别云上人》。

回国，在香港与从兄维翰晤面。

取道广州访黄晦闻、蔡哲夫，后转还香港，小驻两天，即赴上海。

3月，应《太平洋报》聘，主笔政。与柳亚子（亚庐）、叶楚伧（宗源）、朱少屏（葆康）等同事。相与甚得。

4月，填写南社入社登记表。

在《太平洋报》发表《南洋话》《冯春航谈》《华洋义赈观》等文。

11日，与张卓身、李一民赴杭州同游西湖。又与张继到秋社访陈去病。作《柬法忍》一诗。

18日，回沪。绘《荒城饮马图》，托穆弟带至香港，焚化于赵声墓前。

是月底，接母电报，即动身东渡日本省母河合若，陈独秀以诗送之。

时往书坊搜罗欧人诗集。发表《断鸿零雁记》于《太平洋报》。

5月27日，自日本返上海。翌日，发表《华洋义赈会观》于《太平洋报》。

拟重译《茶花女遗事》，未果。

转赠《师梨诗集》给黄侃，并为其重绘《梦谒母坟图》。

飞锡《潮音跋》发表。《无题诗三百首》成书。

6月中旬，与马小进到华泾访刘三、陆素灵夫妇，为作《黄叶楼图》，绘扇面一幅。

与此前后，绘《湖上双鬟图》赠陈去病，扇面十余柄。

6月19日，再度赴日，在千驮谷租屋居住。

多次去广岛省母河合若。

7月，《梵书摩多体文》成书，桂伯华（赤）为签署，终无法出版。

10月，游琵琶湖。

秋，河合若迁居舞子，往省，作《舞子海滨图》。

10月23日，经马关、长崎，回上海。

拟游香港、新加坡等地，未成。

12月13日，抵安庆，任安徽高等学校教员，教授英语。与郑桐荪（之蕃）、沈燕谋（一梅）、应溥泉、傅盛勋同事。结识程演生、易白沙等。

作《江湖满地一渔翁图》，并刻“二古轩主人”印章一枚赠程演生。

绘扇面数幅赠郑桐荪。

1913年（民国二年），30岁

1月，在盛泽郑桐荪家中做客，与柳亚子等相聚数日。

随即与沈燕谋、朱贡三同至上海，租住南京路第一行台。

2月，偕李一民、张卓身至杭州，住西湖图书馆。旋返上海，仍住第一行台。

寒假后，仍回安庆任教。

春，与郑桐荪回上海。不久同游苏州。

3月20日，在花雪南家晚宴。是夜，宋教仁在上海车站遇刺。

6月初，从安庆至上海。与沈燕谋游舜湖。

旋赴盛泽郑桐荪家，绘扇面一。6月26日，返回苏州。与郑桐荪、沈燕谋合编《汉英辞典》《英汉辞典》，用力甚勤。

7月，懔然于匹夫之责，代十方法侣发表讨袁宣言。14日，在《民立报》上发表《与某公书》，信末附有叶楚伧之题记，云："近世片珍，我数曼殊，非惟其文，行亦足以瘳末世病症也，有日月之昭明，乃可与语，挥浮云，口禳妖星而目眯沉霾者，我见之矣，读此片书，瑞霞绕吾庐矣。"

9月1日，南京被袁军攻破，"二次革命"失败。

作诗《饮席赠歌者》《为玉鸾女弟绘扇》，改定组诗《吴门依易生韵》十一首。

歌台曲院，无所不至。为素珍题赠《无题》八首。

秋，与平智础游西湖，住白云庵。作《何处》《南楼寺怀法忍、叶叶》二诗。

10月，回上海，仍住第一行台。作《为玉鸾女弟绘扇》《佳人》《饮席赠歌者贾翰卿》等诗。

发表《燕子龛随笔》于《生活日报》《华侨杂志》。

11月7日，发表《燕影剧谈》于《生活日报》。

11月14日，花雪南等看望曼殊。16日晚，去新民社观剧。

12月，患肠疾，遵医嘱赴日本养疴，临行赋诗赠陈独秀。

20日，游琵琶湖，病大作。30日，赴大久保。

1914年（民国三年），31岁

年初，至东京，在牛込区、追分町停留。

1月21日，至东京顺天堂疗室就医，住牛込区鹤卷町第三〇七番地。结识孙逸仙（文）、萧纫秋（萱）、居觉生（正）、田梓琴（桐）、杨沧白（庶堪）、邵玄中（元冲）、邓孟硕（家彦）、戴季陶（传贤）。

2月中旬，专攻《三论宗》。旋赴国府津、横滨、羽田、妙见岛、千叶海边、梅屋，作诗《迟友》《偶成》《憩平原别邸赠玄玄》《佳人》。16日，游江之岛。

5月10日，《民国》创刊。寄居该社。发表《天涯红泪记》《燕子龛随笔》（增订稿）。

7月8日，孙中山组建中华革命党。谒孙中山，疑加入该党。

8月，《汉英三昧集》出版，此书为其所编缉之中英诗歌合集。27日，撰《双枰记序》。

11、12月间，移居居觉生处。

本年，为中华革命党之宣传努力甚多，同时，还多次省视生母河合若。与一日本女子恋爱，作《东居杂诗》十九首。

《泰西群芳谱》《粤英辞典》成书。

译出英国贝德黎博士所著之《埃及古教考》。

萌发游览英国、瑞士之念，终未如愿。

1915年（民国四年），32岁

2月18日，游兵库。21日，赴舞子省母。

至和歌、浦。

3月下旬，抵塔泽。26日，从环翠楼至强罗。27日，至小涌谷，复返强罗。30 日，经宫下返汤本。

患散里哆呋斯病，5 月 3 日，至东京治疗。

5 月 4 日，在东京开始“寄食城外小庙”。

作《樱花落》。

为冯自由作《三次革命军题辞》。

7 月，发表《绛纱记》于《甲寅》杂志。

8 月，《焚剑记》发表于《甲寅》杂志。16 日，以病入东京筑地圣路加医院。10 月中旬出院。

作《东居杂诗》十九首。

1916 年（民国五年），33 岁

1 月 5 日，与戴季陶同访孙中山先生，由下午一时五十五分至二时十五分。

1 月 7 日，单独往访孙中山先生，由下午四时十五分至六时。

1 月 12 日，单独往访孙中山先生，由下午二点十分至晚上八点。

2 月前，《曼殊杂记》成书。

5 月，闻居觉生于山东起兵讨袁，即前往青岛拜访。与周南陔同游崂山。

旋返上海。寓环龙路 44 号孙中山宅中。

得一外国邮票，撰《碧伽女郎传》。

10 月，至杭州西湖。10 日，与日本友人宫崎寅藏等合影。

与李根源同游西湖，移居秋社。

往来于杭州——上海之间。

11 月，发表《碎簪记》于《新青年》杂志。

致书杨沧白，“如有兵火消息，望即见告”。

移居陶社、巢居阁。撰《人鬼记》。

1917年（民国六年），34岁

1月2日，与林之夏、诸宗元等泛舟湖上。

春节前，返沪。遇邓孟硕、邵元冲，为撰《送邓邵二君序》。

岁首，仍回西湖。

旋赴上海，拟赴意大利学习绘画。

4月，自上海启程，东渡省母，途经长崎、马关、神户。

奉母游箱根。

5月，肠胃病大发，返上海，寓霞飞路宝康里。形容憔悴。

与柳亚子等来往，结识伶人小如意、小杨月楼。

小说《非梦记》发表于《小说大观》。

7月，移居卢家湾程演生寓所，叶楚伧、邓孟硕时来探望。

秋，移居白尔路新民里十一号蒋介石宅中。与蒋介石、陈果夫同住。

肠胃病加深，痔疮病大发，冬，入海宁医院就医。

10月7日，孙中山在广州通电否认北京冯段政府，下令北伐。

11月20日，致书蔡哲夫，“拟一返粤”。

1918年（民国七年），35岁

2月，病情恶化，“不能起立，日泻五、六次。”转入广慈医院，周南陔等时来探望，时得柳亚子、章行严等资助。

新年前后，致书丁景梁：“急望天心使吾病早愈，早日归粤，尽吾天职，吾深悔前此之虚度也。”

移住广慈医院，病笃。

于枕畔遗一纸团，上书“僧衣葬我”四字。

5 月 2 日下午四时，病逝。

5 月 3 日，大殓入龛。

后事由汪精卫等料理。4 日，移龛广肇山庄。

1924 年

孙中山为赠千金。6 月 9 日，由友人陈巢南（去病）等葬于杭州西湖孤山北麓，西泠桥南堍。

附录二：各家论苏曼殊其人

太虚近伪，曼殊率真。内典工夫，固然曼殊为优；即出世与入世之法，太虚亦逊曼殊多多也！

——孙中山，录自柳亚子《曼殊余集·附录六》

曼殊是一个绝顶聪明的人，真是所谓天才。他从小没有好好儿读过中国书，初到上海的时候，汉文程度实在不甚高明。他忽然要学做诗，但平仄和押韵都不懂，常常要我教他。他做了诗要我改，改了几次，便渐渐的能做了。在日本的时候，又要章太炎教他做诗，但太炎也并不曾好好儿的教。只由着曼殊自己去找他爱读的诗，不管是古人的，是现代的，天天拿来读。读了这许多东西以后，诗境便天天的进步了。所以照曼殊的历史讲起来，能够成就到如此地步，真是不容易的，他实在是一个天才的文学家。至于人情世故上面，曼殊实在也是十分透澈，不过他不肯随时俯仰，只装点做癫癫疯疯的样儿，以佯狂免祸罢了。章太炎做的文章（指《曼殊遗画弁言》一文——注者）上，说他不解大事，几乎形容他是一个傻子，其实他住在日本的时候，太炎和刘申叔冲突的原因，他完全是明白的。好在他们都当他是傻子，甚么事不去回避他，而他也一声不响，只偷偷地跑来告诉我。照这样看起来，当曼殊做傻子的人，他们还在上曼殊的大当呢！曼殊的贪吃，人家也都引为笑柄，其实正是他的自杀政策。他眼见举世污浊，厌世的心肠很热烈，但又找不到其他的出路，于是便乱吃乱喝起来，以求速死。到底由乱吃乱喝的结果，成功了不可救药的肠胃病而死去。在许多旧朋友中间，象曼殊这样清白的人，真是不可多得的了！

——柳亚子《记陈仲甫（独秀）先生关于苏曼殊的谈话》

香山苏元瑛子谷，独行之士，不从流俗。然于朋友笃挚，凡委琐功利之事，视之蔑如也。虽名在革命者，或不能得齿列。少为沙门，深通英吉利文字。稍长，乃习珊斯克利多书，尤善画，以艺文自放。广东之士，儒有简朝亮，佛有苏元瑛，可谓厉高节、抗浮云者矣。若黄节之徒，亦其次也。岂与夫录名党籍，矜为名高者，同日语哉？……元瑛可诬，乾坤或几乎息矣。

——章太炎《书苏元瑛事》

曼殊的思想，在早年是极进取的。晚年虽形似退守，其实并不是真真退守，真真的向后转走。我以为他晚年讲的话，实在是表示他在极端愤激，因为愤激，有时候也许形成心理的变态而发生出变态的言论了。他一九一五年（乙卯）三月给我的信，有“阿崔欲来游学，我甚不谓然；内地已有‘黄鱼学堂’。吾谓多一出洋学生，则多一通番卖国之人。国家养士，舍辜鸿铭先生外，都是‘土阿福’，若夫女子留学，不如学毛儿戏。”这一段话，是最容易被人错认做顽固党的，也许顽固党会引以为口实。但是，我以为这未必是曼殊由中之言，不过愤激而已。在一九一五年，不是洪宪帝制渐近成熟的时代吗？筹安会的发起人，几乎无一个不是留学生，中间如刘申叔等，还是曼殊的老朋友，叫曼殊如何不痛心而愤激？通番卖国的曹汝霖，陆宗舆，不又都是留学生吗？此等人叫曼殊如何不骂？他骂女留学生，是因为她们奢侈浮华的生活，足以促成她们丈夫的卖国事仇而有余。举一个例子来讲，申叔是曼殊极好的朋友，申叔的变节堕落，我想是曼殊所极端引为痛心的；但申叔的一生，完全断送于他夫人何志剑之手，志剑不是女留学生吗？那真不如学毛儿戏的女戏子了。曼殊对于辜鸿铭，在早年是很看他不起的。在他一九一〇年（庚戌）五月《与高天梅书》："惜乎辜氏志不在文字，而为宗室诗匠牢其根性也。"这讲得何等明白？他现在忽然崇拜他起来，那不是明明说，象申叔这班人的翻云覆雨，以革命始而以筹安终，还不如辜氏始终效忠清朝，不失为硁硁之士吗？曼殊这一封信，本来写得很奇怪。阿崔不知是什么人？照前后的另外几封信上看来，似乎是上海的妓女，如何会到日本去留学？我又不认识阿崔，他无缘无故把这个消息来报告我，且由阿崔而骂留学生，更痛骂女子留学，真不知是那里来的一股邪劲儿？除了借题发挥，表示他极端的愤激以外，还有什么理由可以解释呢？了解了曼殊对当时政局的愤激心理，便当然知道他不会和一般顽固复辟党人把臂入林了。曼殊还有几封给邓孟硕的信，在一九一四年（甲寅）写的，都写着"宣统六年"的纪元，末一信还写"皇帝宣统六年十一月二十日，洋皇帝四年一月五号"，那是更加显明着在玩世不恭的开玩笑了。这几封信内有在《南社丛刻》上发表过的，我当时恐怕人家误会曼殊的意思，所以把辜鸿铭改作□□□，而皇帝与洋皇帝的纪年，也被我删去。如今在《书札集》上，我已还他的本来面目，也应该在此附带说明一下。明白了这几封信只是曼殊愤激时的变态心理，然后曼殊的正统思想，可以继续研究了。

曼殊的正统思想，可以分几方面讲：关于种族方面，他的民族观念，是十分热烈的，在他的著作中间，随处可以找到。无忌在《曼殊逸著两种后记》中讲："曼殊知道记那些明末的忠臣烈火女遗事，曼殊知道译印度人在亡国后痛苦的嘶声；就是同样的曼殊，译拜伦痛哭希腊的哀歌，骂媚外的广东人(《呜呼广东人》)，谈荷人待爪哇华人的苛虐（《南洋话》），写无政府主义女杰郭耳缦的气焰（《女杰郭耳缦》），曼殊岂止是一个作绮艳语，谈花月事的漂零者而已。"这几句话是很不错的。关于政治及社会方面，他也非常急进。上面所讲《女杰郭耳缦》一文，便是一个证据。此外，如《露伊斯美索尔遗像赞》，如《海哥美尔氏名画赞》，都可窥见曼殊心理的一斑。在《惨社会》上，更有许多具体的表示……在《碎簪记》中，攻击资本社会的拜金主义，也十分厉害，关于宗教方面，他是很看不起耶教徒的。他在《断鸿零雁记》第六章讲罗弼牧师的一段，他说："余特慕其人，清幽绝俗，实景教中铮铮之士，非包藏祸心，思墟人国者。"那末，除了罗弼牧师以外，在曼殊心目中，一般的耶教徒，当然都是"包藏祸心，思墟人国"者了。对于佛教，他是主张彻底的改革的。在《答庄湘书》上，及《断鸿零雁记》廿三章与湘僧问答一段，十分明白。杨鸿烈说，曼殊的理想，倘然实行起来，便是佛教中的马丁·路德，这真是一针见血之谈了。关于两性问题，曼殊的思想比较落后一点。他在《断鸿零雁记》第五章讲雪梅一段，攻击代办婚姻和买卖婚姻，非常透彻。但在《绛纱记》内，却又攻击"黄鱼学堂"的不贞了。

我以为曼殊是主张恋爱自由，而反对自由恋爱的。在前者近乎固定的一夫一妻一制，即结婚之权，操诸自己，但“一与之齐”，却仍旧要“终身不改”。在后者是主张恋爱有流动性，可自由结合，即可自由脱离，或者同时可以对于几个人发生恋爱。曼殊赞成前者而反对后者，这当然是时代的关系了。曼殊在《碎簪记》中，大呼“天下女子，皆祸水也”’，颇近叔本华的女性憎恶论，其实只是他做恋爱小说的反面文章而已。在《婆罗海滨遁迹记》内，却确确实实的说了女性许多坏话。这一部书很奇怪，不知究竟所谓南印度瞿沙者是真有其人，抑只是曼殊的捣鬼？倘然属于后者，曼殊的侮辱女性，未免太过。但他在书中还是少不了贤明的女性，他写了一个很好的“壮者妻”出来，又立刻把他自己的议论打破了。曼殊之对于女性，为憎为爱，真有些难于分别吧。

——柳亚子《苏和尚杂谈》

他（曼殊）的外貌，对于政治社会等问题仿佛很冷淡，其实骨底里非常热烈，不过不表现于脸上罢了。朋友们聚在一起谈到国事时，他便道今夜只谈风月。同盟会在日本进行的时候，他也没有入会；虽然他的朋友都是革命党人，甚至于开秘密会议时也不避着他。但当辛亥革命，先烈陈英士先生在上海起义，消息传到南洋去时，他忽然热烈起来。此时他正在南洋教书，没有旅费还来，便将书籍衣服完全卖去，一定要赶回上海。在尚未还国以前，他写一信给我，其中有诗两句是：“壮士横刀看草檄，美人挟瑟请题诗。”并说道：“遥知亚子此时乐也！”从这几句话，可以知道他对于革命希望的热烈了。还有一件事，就是上海城隍庙开辟商场时，他说卖糖粥的从此没有生路了；能开店的都是有资本的，小贩生活将绝了。他平常绝不谈社会问题，然而无意之间却露出同情于无产阶级的思想来。真是“神龙见首不见尾”。

——柳亚子《苏曼殊之我观》

夫天地生才，由来非偶。既畀付以特殊，将期许而无已。况复翱翔瀛峤，眷恋神皋。定交杵臼之间，侧身顾厨之列。头角崭露，卓尔不群。固已逐龙虎于风云，随几复通声气矣。而乃心性湛然，忘情物我。慈祥恺悌，磊落光明。若吾师者，不可慕哉？特是人间污浊，原未可溷其清高。一旦委形影，绝尘鞅，无挂无碍，飘飘而作逍遥游者，固亦宜然。

——陈去病《为曼殊大师建塔院疏》

曼殊虽然是和尚，但他决不如一般宗教徒的一味迷信。章太炎先生说得好，“皈依净土，非丈夫干志之事。”就如他的祝佑梵天帝释，也不过于病苦呻吟之中，无可奈何之下，聊为说说，以求得些口头的安慰罢。我们且看他在《答庄湘书》，攻击崇拜偶象，和应赴之说，是何等的厉害！

然则曼殊何为又要以沙门自居呢？原来佛门里除了迷信之外，还有一些法宝，—— 如唯识的论理，和禅定的境界，—— 可以令你顿时弄到这世间的事物，都要“非空非有”，连你自己的身躯，也不知道是怎么一回事的—— 只要你肯去弄。我们都知道曼殊是个恨人。他要忘怀苦恨，他要以情求道，这些岂不是济急的良方。可惜他却卒归失败，他尝一次叹息的说道：“学道无成，思之欲泣！”这情形，恐怕就是逃不出严复所说的“徒矜作达，无补真忧”的公式罢了。

清朝以异族狎主中华，是一种强奸的行为，少有气节的人，都是不依的。他遂施用驻防的政策来镇压之，并叠连大兴其文字之狱。中原处于辇毂之下，不惟士习婀媮，醉心利禄，即有一二魁儒，少明于所谓“种族之大齐”的，亦詟于专制的淫威，噤若寒蝉。俗语说得好，“山高皇帝远”，在我们广东便很不同了。我们广东，僻处海隅，加以民族性的傲岸自尊，真可以说是民族思想萌植的场合了。我们的乡先正，抱有种族之痛，而形之歌咏的，便往往而有；陈元孝的“江山无地限华夷”诗句，不过尤为传诵的罢了。（闻《岭南三家诗钞》内边，“幽期空负钓鱼翁”，“年年磨剑候风尘”等句子，都是“反清”运动的隐喻云。）曼殊少长岭南，既备飧其说；——这话也并不著空，如黄节先生，便是一个很好的媒介物，或传授者了。——又尝流浪四方，与外国人杂处，弱国国民的侮辱，他都目击而身受之。侏儒过虱，虽未必真有其事；然而他对国家衰弱的悲愤，亦可想见了。我们都知道辛亥革命的势力的来源有二种：一种是排满思想，一种是爱国思想，那末我们对于大师的“检燕尾乌衣典去”，来回国看热闹的心情，也就很容易了解了。

……郭沫若先生说屈原是个独身生活者，这不过是想当然的话罢。至于大师，我们都知道他是“三戒具足之僧”，他的色情的热烈，就如一般解释禁欲的基督徒的养处女的心理，所谓“重叠的欲情，在他心中燃烧，而永无欲求的畅满，来息灭这继续增加力量的光明的火焰”的原故罢了。

然则曼殊又何为不在他所恋慕的女子中，拣一个公然“抚而有室”呢？我以为这都不外是他的利己见解罢。他的《答萧公书》上，很委婉的说过，“不慧性过疏庸，不敢（就是不屑）厕身世间法。”那末，与其结为百事可哀的夫妻，招尤招怨；倒不如各归四海，反留得后时的回味了。他说“早证法身”，固然是饰词，“学得死生大事，也是假话”。

……曼殊虽不免于悲观厌世，然亦无害他的对于世间的热心。他乃至于希望幸能留得一丝道义在这世间，便觉是此生的安慰，这是何等的切望。我们只要明白了他的热情，他的自负，那末便知得到他的洁癖，他的孤行，都是有意义的了。屈原有言：“何昔日之芳草兮，今直为此萧艾也；岂其有他故兮，莫好修之害也。”（《离骚》）由此说来，消极的有所不为，自有其效用。换句话说，狷洁之行，实在难能可贵；这个世界就正少得它。而大师的遗世独立，又何可厚非呢？

——罗建业《曼殊研究草稿·曼殊的思想》

我还记死朋友中，有一个苏玄瑛，这个人是我所不愿学，同时也是我所不能学的一个人。他的性情，也很有超绝一切的去处，但是他到底是一个个人主义的结晶。就超生活的一面看，他也是一个人类中的优秀，却是在生活里面看，他倒是一个累世的人。这样的人，高而不崇，洁而不纯，于个人可称为良友，于社会绝不能不说是赘疣。

——陆丹林《戴季陶之苏曼殊观》，录自柳亚子编《曼殊余集》第 5 册《史料类》

他少年时本是极热心，中年后悲观极深。他的拼命吃Chocolate，八宝饭，雪茄烟，实是一种自杀政策。金钱到手拼命乱用，无钱则忍饿终日。好吃花酒，而却与他所做的倌人（名花雪南）极少交谈，盖彼之所好不过一场热闹而已，不在花亦不在酒也。彼对于并世人物，多少许可。那时的国民党，很想捧宋教仁出来组阁，我曾征其意见。彼的意思，大约对宋亦殊少许可。（大约谓宋聪明而已，并无真才实学。）他还有一句话，很有意思。他说：宋教仁等所以要做革命党，不过见识尚远，人尚聪明，知道中国革命迟早总要成功耳。

——郑桐荪《与柳无忌论曼殊生活函》

他（指曼殊）是一个感伤诗人，但同时对于中国革命具有浪漫主义的理解与同情。曼殊许多朋友中，给他影响最多的，是章炳麟与陈独秀。他从陈独秀学汉学，从章炳麟学作诗。章炳麟是与孙文共为国民党前身的同盟会的一个巨头。陈独秀是人人知道的中国共产党最初的指导者。曼殊从这两人所学得的，不只限于诗与汉文，是事实吧。

——米泽秀夫（日本人）《苏曼殊之生涯与作品》

曼殊自日本渡海东来，即到苏州，神清貌癯，穿一破旧之布衲，我等延之在吴中公学社教书，时君喜作画，为我画一儿童扑满图，尔时在清季，我辈正竞谈革命，扑满者，隐为扑灭清朝之意，惜此扇已失。

——包天笑《题曼殊遗诗遗墨》诗注，录自文芷《曼殊上人

诗册》

（曼殊）心胸意趣如魏晋间名流，吐属妍雅，而蕴藉不露圭角。游人间世，翛然如闲云野鹤，不可以常意拘，类如此矣。张融所谓：“不恨我不见古人，所恨古人不及见我耳。”又曰：“不可无一，不可有二。”君其几之。……曼殊遗落一切，逸韵自喜，故著述不多，亦非经营刻意以为之者。天姿绝特，于学无所不通，而深自敛抑，勿以炫世。善言《易》者不言《易》，朋辈中一人而已。

——姚鹓雏《记苏曼殊》

曼殊死在壮年里，人们多说他据有天才的华宫以外，也有着非常之努力，故能够懂得几国的文字，同时又能够欣赏了那么多的古文艺作品。如果有普通人的学力去衡量，就在时间上算，曼殊也决不能学得那么多东西。其实，曼殊有的，只是天才，天才之外，就是兴味。如果要以曼殊为苦学志士，那不已把曼殊完全看错了吗？

——梦舟《关于苏曼殊》，录自柳亚子编《曼殊余集》第六册

（曼殊）的浪漫行为，谈起来，其所以会使我们的七情在脑海里作祟，为的是他富有至高的性灵，所观察的事物，绝不肯被恶劣的社会环境所融化。因此，他的一举一动，无不是出于自然的性情，又绝不是矫揉造作，装饰浪漫的行为的，藉以博得文人多浪漫的所谓文人的美名者可比，他与生俱来，就那样的豪放和任性，玩世不恭态度，思想超凡的。

每一位未出阁的丽人尽情地爱上他，自然他也是深深地爱她，

不过他若是将所有爱他其中的一位女子，真的实行结婚，那是要叫多情如曼殊大师，也许会觉得左右为人难。因为结婚呢，仅有单位的可能，其余以前的所谓爱情，便非真实的爱了，于是我们也就可以明了曼殊大师对于爱他的女人，个个都是心心相印的，诚实地爱着的，无条件地爱着的，像这种的爱，是再神圣可贵不过的，除非是多情如曼殊大师，任谁也都做不到，请念出他两句的遗诗吧：“袈裟点点疑樱瓣，半是脂痕半泪痕。”

——唐蕴玉《噫嘅时代之苏曼殊及其他》

鲜明的个性永远是一个谜。而苏曼殊就是一个具有鲜明个性的人，鲜明之处，简直有几分怪异。解读苏曼殊，绝不是一件轻松的事，任何一种看似合理的解释均或多或少透露着强梁式的牵强。在缓缓滑过脑际难以计数的词汇中，我努力说服着自己，极勉强地选择了“形为心役”一词来为苏曼殊35年的坎坷人生来作出终结性的评语。

——林语堂

苏曼殊数以拜伦比太白仙才，雪莱比长吉鬼才。不知英诗鬼才，别有所属，唯贝多士可以当之。至于拜伦之入世践实，而谓之“仙”，雪莱之凌虚蹈空，而谓之“鬼”，亦见此僧于文字海中飘零，未尝得筏登岸也。

——钱钟书《谈艺录》

民元后有不少同盟会会员由于他们的政治理想仅限于排满，

所以清政府垮台后，他们以为自己的目的已达，后来袁氏建国后，依附于他的，颇不乏人。即如筹安会六君子中如胡瑛、孙毓筱，都是同盟会中人。而曼殊当时是赞成二次革命，是反袁的，所以他的政治思想水平，已达到旧民主主义革命的境地。惜乎曼殊死得太早，没有经历五四文化革命运动，否则，他的思想中可能有进一步的发展，因他与陈独秀、柳亚子均有较深的交谊，也可能会受他们的影响。

——任访秋 1985 年 6 月 7 日致邵盈午函

但苏曼殊他特殊的身世“难言之恫”，他的感受比那一部分知识分子要深刻得多。这种情况，从好的方面讲，是矛盾和冲突，若是说得不好听，我看曼殊的思想有些杂乱。虽然如此，这并不妨碍（或是更为助长他）成为晚清民初最优秀的诗人之一。

——冯至 1987 年 4 月 24 日致邵盈午函

是曼殊的为僧，出于无奈，被逼到无路可走，其时其母已归日本，曼殊无所依靠。他的出家，并非出于崇信，12 岁的孩子，还谈不上信仰。但出家以后，诣雷峰海云寺具足三坛大戒，这就不同了，这就要守戒律，假父为玄瑛聘的雪梅，假父殁，玄瑛既被带出家，雪梅佗傺死。河合代有姊，欲以女静子嫔玄瑛，玄瑛既守戒律，自不能成婚，则守戒与情爱的矛盾，亦易明。“春雨楼头尺八箫”，当在日，“何时归看浙江潮”，即思华，当与“难言之恫”有关。“芒鞋破钵”为僧守戒，“踏过樱花第几桥”，当与情爱有关，此宗守戒与爱情之矛盾。“任礼耻任汝”，则他又信奉中华旧文化，看不惯当时的风气。这是旧文化与新风气在曼殊思想上的矛盾。他讲什么灵界诗人与爱国诗人，这又是对于诗国中所发生的矛盾。《谈艺录》谈到他对拜仑赞美的话，认为不确，这又是他对西洋诗人的认识与实际背离的矛盾。这些矛盾，主要的是身世之恫，戒律与爱情的矛盾。这在常人都易解决，以日人而赞助中山革命的有人，则身为日人，又何碍，于为中国效力，玄瑛既不在庙中为僧，则本可以还俗。但他的性格却不能这样，是否他的性格与屈子相似。就一般人来说，屈子不得于怀王，流放汉北，正可到别国去，孔子也周游列国。屈子却非在楚国不可。玄瑛的矛盾，却固结而不可解，这点似可探索。

——周振甫 1990 年 11 月 18 日致邵盈午函

像这些新道家圣徒一样，苏曼殊也有意显示出一种放浪不羁的生活风格，同时又试图用佛教教义来证明其合理性。不过，他那副和尚的外衣仅仅是一种装饰罢了，并不能为他的生活态度提供多少正当的理由，倒是给他格外抹上了一层传奇的色彩。

——李欧梵《现代性的追求》

附录三：各家论苏曼殊诗

君好为小诗，多绮语，有如昔人所谓“却扇一顾，倾城无色”者。

——柳亚子《燕子龛遗诗序》

他的作诗，全不用心做作，全靠天才；他的诗完全是自然的流露。他的诗虽不用心做作，可是自然而然的非常优美，给读者一种隽永轻清的味道，给读者种种深刻的印象，使读者诵读过他的诗后不会忘记。我想把李延年的“北方有佳人，绝世而独立，一顾倾人城，再顾倾人国”一诗来批评曼殊的诗是最好了。譬如他的：“春雨楼头尺八箫，何时归看浙江潮？芒鞋破钵无人识，踏过樱花第几桥。”我们看这种诗，不是极“临风独立，飘飘欲仙”之趣吗？他的诗个个人知道是好，却不能说出他好在什么地方。就我想来，他的诗好在思想的轻灵，文辞的自然，音节的和谐。总之，是好在自然的流露。”

——柳亚子《苏曼殊之我观》

苏曼殊是一位才子，是一个奇人，然而决不是大才。天才是有的，灵性是有的，浪漫的气质是很丰富的，可是缺少独创性，缺少雄伟气，一位英国的批评家对19世纪的鬼才淮儿特所说的话，也可以用在苏曼殊身上。

所以曼殊的才气，在他的译诗里，诗里，小说里，画里，以及一切杂文散记里，都在流露闪耀，可是你要求一篇浑然大成的东西，却在他集子里寻找不出。

我所说的他在文学史上可以不朽的成绩，是指他的浪漫气质，继承拜伦那一个时代的浪漫气质而言，并非是指他那一首诗，或那一篇小说。

其实苏曼殊的名氏，在中国的文学史上，早已是不朽的了。……笼统讲起来，他的译诗，比他自作的诗好，他的诗比他的画好，他的画比他的小说好，而他的浪漫气质，由这一种浪漫气质而来的行动风度，比他的一切都要好。

他的诗是出于定庵的《己亥杂诗》，而又加上一脉清新的近代味的。所以用词很纤巧，择韵很清谐，使人读下去就能感到一种快味，举几个例出来，就可以明白：

春雨楼头尺八箫，何时归看浙江潮。芒鞋破钵无人识，踏过樱花第几桥。

孤灯引梦记朦胧，风雨邻庵夜半钟。我再来时人已去，涉江谁为采芙蓉？

软红帘动月轮西，冰作栏杆玉作梯。寄语麻姑要珍重，凤楼迢递燕应迷。

罗幕春残欲暮天，四山风雨总缠绵。分明化石心难定，多谢云娘十幅笺。

江南花草尽愁根，惹得吴娃笑语频。独有伤心驴背客，暮烟疏雨过阊门。

平原落日马萧萧，剩有山僧赋《大招》。最是令人凄绝处，垂红亭畔柳波桥。

白水青山未尽思，人间天上两霏微。轻风细雨红泥寺，不见僧归见燕归。

碧栏干外夜沈沈，斜倚云屏烛影深。看取红酥浑欲滴，凤文双结是同心。

折得黄花赠阿娇，暗拾星眼谢王乔。轻车肥犊金铃响，深院何人弄碧箫。

灯飘珠箔玉筝秋，几曲回阑水上楼。猛忆定庵哀怨句，三生花草梦苏州。

蝉翼轻纱束细腰，远山眉黛不能描。谁知词客蓬山里，烟雨楼台梦六朝。

像这些，都是定庵的得意之作，而曼殊去偷了过来，重加点染，就觉得清新顺口，读之有味了。所以我说他的诗比他的散文小说好，因为他的诗里有清新味，有近代性，这大约是他译外国诗后所得的好处。可惜我读他的诗不多，所以不能再仔细的分析评断他的诗。最后他的诗的清淡味，似乎是得力于放翁、后山的地方也很多。他的小说里，也曾这样的说过，他的杂记里，也把放翁的“衣上征尘杂酒痕，远游无处不消魂，此身合是诗人未，细雨骑驴入剑门”一绝，称道得十分起劲。

——郁达夫《杂评曼殊的作品》

曼殊天才绝人，早岁悟禅悦，并邃欧罗巴文字，于书无不窥，襟怀洒落，不为物役，洵古所云遗世独立之佳人者。所为诗蒨丽绵眇，其神则褰裳湘渚，幽幽兰馨；其韵则天外云璈，如往而复；极其神化之境，盖如羚羊挂角而弗可迹也。旷观海内，清艳明隽之才，若曼殊者，殊未有匹焉。

——王德钟《燕子龛遗诗序》

曼殊天才清逸，又深习内典，出其余事为诗与画，故自超旷绝俗，非必若尘土下士，劳劳于楮墨间也。

——傅熊湘《燕子龛遗诗跋》

曼殊事略，具见柳亚子所撰本传，其性情奇，行止奇，学艺奇。不知者谓其诗哀艳淫冶，放荡不羁，岂贫衲所宜有；其知者以为寄托绵邈，情致纡回，纯祖香草美人遗意，疑屈子后身也。

——黄沛功《燕子龛诗序》

曼殊振奇人也，生当叔季，身世杌陧，胸骈垒块，阐为歌诗，以陶写哀乐。故文情并丽，踵武《楚骚》，得香草美人之意。读其诗，如聆鱼山梵品，雷威琴渊，泛飘眇匆可捉，殆天才也。

窃怪曼殊所为诗，只五言七言绝句，译诗则出以古体，律诗未之见。意以为排比对偶，桎梏性灵，弗若绝句古体之自鸣天籁耶？或以此而病曼殊，曼殊果病夫哉？

曼殊才行绝奇，殆如神龙，彼其诗特鳞爪耳；东鳞西爪，庸下士又安能窥其阈哉？

——冯印雪《燕子龛诗序》

曼殊上人者，神慧隽彻，敏朗无对。……诗画清绝，声盖震旦，真可谓：“松风水月，未足比其清华；仙露明珠，讵能方其朗润？”余观其诗，婴婉缱绻，回肠荡气，大抵皆十年近作。传言兜率境界，既脱人间贪恶妄念，特色相未能泯；无著当年，且牵爱障，宜乎曼殊时有言情之作矣。尝谓读夫人诗，宜谙其人身境性情，庶几能契乎诗中三昧，因为铨表曼殊生平而论次之，亦使读其诗者，毋误拟为扬州社牧，楚泽屈原，然后得曼殊之真焉。

——章父《燕子龛诗跋》

以天纵之才，超尘绝俗，诗在骨里，非食人间烟火，天籁之声，特假以鸣。

——罗琼宇《苏曼殊诗酬韵集》

曼殊的译诗一经和原诗排比标点起来，就显见他兼“按文切理，语无增饰”直译的长处和“陈义悱恻，事辞相称，意译的神妙”。有人说：“翻译文学得好的，其价值等于创作”，我对于曼殊也是这样说。

——杨鸿烈《苏曼殊传》

在曼殊前尽管也有曾经谈欧洲文学的人，我要说的只是，唯有曼殊才真正教了我们不但知道并且会悟，第一次会悟，非此地原来有的、异乡的风味。晦涩也好，疏漏也好，《去国行》和《哀希腊》的香美永远在那里。因此我们感谢，我们满足。若谈晦涩，曼殊的时代是个晦涩的时代。可怪的是在那种晦涩的时代，居然有曼殊其人，有《汉英文学因缘》，今日有《燕子龛遗诗》。人有时候会想，拜伦诗毕竟只有曼殊可以译。翻译是没有的事，除非有两个完全相同，至少也差不多同样是天才的艺术家。那时候已经不是一个艺术家翻译别的一个艺术家，反是一个艺术家那瞬间和别一个艺术家过同一个生活，用别一种形式，在那儿创造。唯有曼殊可以创造拜伦诗。他们前后所处的旧制度虽失了精神但还存躯壳，新生活刚有了萌芽但还没作蕊花的时代，他们多难的境遇，他们为自由而战为改革而战的热情，他们那浪漫的漂荡的诗思，最后他们那悲惨的结局：这些都令人想到，惟曼殊可以创造拜伦诗。

——张定璜《苏曼殊与拜伦及雪莱》

曼殊虽然不幸短命死矣，但我们想把他的一生叙述起来，也要很长的篇幅才办得到。然而他这首诗只寥寥二十八个字（按：指《本事诗》春雨楼头尺八箫），已经把他自家的一生也完全笼罩起来了，好象望远镜一样，那块镜片虽然一寸大左右，但从它里面一望，却有无限江山，耐人观赏。哦！这真是何等手腕哟！我们必要了解这个道理，才懂得“绝句”诗的真价值，才配读我曼殊上人的《燕子龛诗》！

曼殊之于调筝人，犹拜伦之于雅典女郎。拜伦集中有《留别雅典女郎诗》四章，幽艳入骨，为抒情诗之杰作；而曼殊《燕子盦诗》里面也有几首诗是为调筝人而作的，其一往情深，很足以和《留别雅典女郎》诗相颉颃。

以上诸诗（按：指《无题》和《东居杂诗十九首》）真可谓哀感顽艳之极了，然却和一般轻薄的文士所作的艳诗有别：寻常一般文士作抒情诗的流弊，并非他们的词句不绮丽，却是他们的情感不真挚。至于这几首诗便不同了，不即不离，全以真诚的态度，写燕婉的幽怀，不染轻薄的气习，不落香奁的窠臼，最是抒情诗中上乘的作品。虽然词句仿佛迷离，难以定其所指，而隐约之间，却令人生无限伤心，无穷艳思；非绝代愁人，身世有难言之恫者，怎能够到这个妙境呢？我们想了解这些诗，只要直觉的置身其中，和他的诗融合为一，自然能够领略到他的妙处，不必刻舟求剑，斤斤于寻他的本事了。

——熊润桐《苏曼殊及其燕子龛诗》

他（曼殊）的诗……略近晚唐。总之高逸有余，雄厚不足，说他是东洋风气，也不为过。

——胡寄尘《说海感旧录》

我们以为值得介绍的是曼殊在文学上的工作，不是他的思想；我们不是把曼殊当作先知，当作耶稣，麻哈默特，或甚至孙中山列宁等，而崇拜其思想，提倡其主义，我们是把他当作歌德拜伦等一流人物，享赏他的诗文，阐扬他在文学史上的贡献。《维特》出版后自杀者纷纷，然而其在文学界地位并不以此降低，更况曼殊的思想亦没有那样颓荡。

——柳亚子《苏和尚杂谈》

至于曼殊作品，大多在大清帝国末年，那时的观念本不过如是，即其为旧道德，为有产阶级思想，亦不能以此抹杀曼殊。我们不以忠君的思想降贬杜甫，我们亦不因醇酒妇人的颓废趋向，而不读李白的诗，——我不知道他们通晓人类学与否，然而他们毕竟是伟大的诗人。曼殊已是过去的人物了，在他诗文中我们找到清末文人最完美的表现。我们研究他，在杂志上讲他，正因为他的作品已不是现代的作品，值得盖棺论定。我们决不提倡他当时的思想与诗文，作为新青年的路灯，我们亦不欢喜现在有人还在写《断鸿零雁记》，虽则在曼殊当时这是一部伟大的作品，而且它的价值将永久在文学史上提起。倘若抱了杞人之忧，以曼殊思想于现在不合，虑其影响于青年不好，而反对研究其生活及文学，这种见解实在太不高明了。拜伦为英人所逐，尸归故国，请葬于寺院而不准，呜呼！……

——柳无忌 1927 年 12 月致柳亚子的信

沙鸥（按：即曼殊）所译英吉利古诗两章，幽怨绵眇，非浅人所能解也。

曼殊又有七绝六章（按：指《寄广州晦公》《水户观梅有寄》《失题》[禅心一任蛾眉妒]、《西京步枫子韵》《失题》[落日沧波绝岛滨]、《题师梨集》），有弦外音，可使旗亭女子歌之，何必再唱《黄河远上》也？

晦闻诗秋气甚深；潘兰史老健矣；王湫岩有力追古作者意；庞檗子词，玉田之遗也。曼殊诗其哀在心，其艳在骨，而笔下尤有奇趣，定庵一流人也。

——高天梅《愿无尽庐诗话》

昨在柳君亚庐处，见曼殊诗数章，孤怀潇洒，如逢故人，怅触前尘，因亟录之。《本事诗》云："春雨楼头尺八箫，何时归看浙江潮，芒鞋破钵无人识，踏过樱花第几桥。"不著迹相，御风泠然，恍惚前日辞湘校游衡山时也。《为调筝人绘像》二首云："收拾禅心侍镜台，沾泥残絮有沈哀，湘弦洒遍胭脂泪，香火重生劫后灰。""淡扫蛾眉朝画师，同心华髻结青丝，一杯颜色和双泪，写就梨花付与谁？"一缕深情，不可以字句间求，菩萨低眉，山间猿鹤，都能悟彻。《寄调筝人》一首云："禅心一任蛾眉妒，佛说原来怨是亲。雨笠烟蓑归去也，与人无爱亦无嗔。"则已忏尽情禅，空诸色相，与一切众生，同登净土矣。亡弟笃生为余言："曼殊固深于忧患者。"

——杨德邻《锦笈珠囊笔记》

（曼殊）所为艳体诗，嚼蕊吹香，幽艳独绝。

——周瘦鹃《紫罗兰外集》

（曼殊）偶作小诗，亦极凄婉。

——黄侃《镌秋华室说诗》

曼殊诗格高超，在灵明镜中。

——于右任《独树斋笔记》

曼殊之作品，尤其是诗，完全为天才的流露。故其诗文，极其潇洒自然，毫不牵强。虽不用心，而自然工整优美，于读者以轻清隽永之深切回味，留深刻之印象。柳亚子评曼殊诗如"一顾倾城"，洵为允当。盖其诗，音节和谐，文辞精纯，思想灵敏，运用轻巧，不愧为一代诗人。其作诗，一片真情，一任机灵触发，自然流露，不假雕琢，佳趣天成。故能蒨丽清明，艳而不滥，简而不陋，审其诗品之清高，已足见其人品之亮节！

——文公直《曼殊大师传》

曼殊多绝诗，风韵极佳，有神无物，而味极隽永，愈读愈见其佳。倘用胡适之汉学方法去读曼殊诗，必定失败。

——郑桐荪《与柳无忌论曼殊生活函》

苏曼殊诗如江城玉笛，馀韵荡肠。

——姚鹓雏《文羽》

曼殊诗，风华逸宕，雅类晚唐之杜樊川，有却扇一顾，倾城无色之概。

——郑逸梅《南社丛谈》

曼殊的诗文，其好处也是用些血泪换来的，故此他要说："此道不可以安身立命"了！

——罗建业《苏曼殊研究草稿》

南社多诗人，曼殊尤怪异。留学日本，谈革命，初好为狭邪游，后又出家为僧，诗时有奇语。……吐属幽远，似不食人间烟火者。

——陈声聪《兼于阁诗话》

其人固有超悟，观所造述，智慧天发，非假人力。惜玩世自放，餐啖无禁，复好作绮语，卒以侘傺死，故不免忧伤其道耳。

——马一浮，引自陈复生《读曼殊馀记》，存柳亚子编《曼殊余集》第五册，史料类

曼殊尚有《本事诗》十章，绮怀之作也。……读此等绝句，不妨赏其楚楚小有风致，若据以言曼殊于西方文学能具藻鉴，则誉其长适所以襮其短矣。

——钱锺书《谈艺录》

苏曼殊是五四以前、辛亥革命前后一部分（也可以说是极少数）知识分子中有代表性人物。不过，我觉得他的诗里有虚有实，有的是“诗”，有的是“真”，不能过分相信他的“诗”里都是“实际”。换句话说，“凡心”并不太“凡”，“禅心”也不太“禅”，可是他的诗则是超出了“凡”与“禅”而成为在中国文艺界最黑暗时代的一朵奇葩。

——冯至于1987年12月29日致邵盈午函

（苏曼殊）可称之为本世纪中国诗画上一个有力的充满期待的冒号的诗人。而且纵观整个20世纪，用旧体写诗的所有的人其成绩没有一个堪与这位英年早逝的诗人相比。……苏曼殊无疑是中国诗史上最后一位把旧体诗做到极致的诗人，他是古典诗一座最后的山峰。

——谢冕《1898：百年忧患》

后　记

评注曼殊之诗，总感到戛戛乎其难。究竟难在哪里呢？我想主要还是难在方法上；具言之，我们目前所采用的那种单一的“背景分析”“典故注释”以及所谓“知人论世”的方法，并非万应灵丹，尤其是用在“好弄玄虚”的曼殊身上，似乎更行不通。

曼殊通过诗歌表达生存感受的方式是相当个人化的，痛苦、迷茫、怅惘、绝望，这一切都深深浸透在他的生命行迹与艺术文本之中，其丰赡与独异，远非像黑格尔所说的用逻辑与历史相统一的方法可以“一网打尽”。他的不少“无题”“失题”诗，往往隐没了“本事”，由此生发的那种迷离惝恍的美感或“妙处难与君说”的韵致，或许正是诗人的“有意为之”。作为评注者，即使通过考证、训诂等手段，获得了一些具有私密性质的“意外发现”，可当我们心劳力绌地试图通过“评注”“得秉笔人之本意”时，却不能不遗憾地发现，由于历史语境的悬隔，这其实不过是注家本人的一厢情愿，弄得不好，与作者本人来个“君向潇湘我向秦”的满拧，也未可知。不过，我必须在此申明：本人并不赞同像新批评派那样切断作品与社会、历史、道德以及作者生平的一切联系，只强调作品本体甚至讥讽寻找作者的创作意图，即是向作者求援、即是批评家自认失败的观点。尽管新批评派在主观上力图挽救社会历史批评和传记式的批评方式，但仍难免陷入与被挽救者同样谬误的境地。从实践效果看，当新批评派们大力标举“我评论的是我自己”，并站在一个同作品相距甚远的地方为自已的结论沾沾自喜时，读者却无法带着这个结论去重新感受作品。有鉴于此，我力主将作者生平之类的东西也视为一种文本，具体考察作者的生平文本与作品文本的“互文性”；也就是说，要尽力探究二者之间所容涵的那种相互解释的关系。窃以为这比那种看似严肃实则主观武断的“背景分析”与“知人论世”的批评方法要靠谱得多——因为把诗歌降格为“历史”的附庸或“背景”的衍生物，不但不会增强反而会削弱诗歌的审美功能。易言之，诗，倘若被强行纳入某种理念的指代系统，只停留在知解力上，而不能转化为人们自由的情感体验，那么，诗的美感与魅力将从何体现呢？

再说典故注释。大量的诠释学实践证明，面对一种诗歌文本，如果我们只注明其中出现的典故的词典意义，未必就能真正洞悉文本的深层意蕴。因为从诗歌的创造过程看，其特征主要是直觉的、感性的，而非逻辑的、推理的。典故，经由历代文人们不断地辗转使用，势必层累性地增添许多新的意义，这必将使典故的“词典意义”（表层含义）与“诗人所赋予的意义”（深层含义）之间产生一定距离；再者，在诗歌特定的语境中，“典故”的表层含义后面往往还活跃着一重情感的意蕴，这就形成了“诗家语”所特有的“言在此而意在彼的”迂回性美学效果。基于此一认知，倘若只用概念分析的方法对诗中的典故——

种对创作主体丰富、独特的精神世界的象征表达的特殊意象——进行知性解析，往往会胶柱鼓瑟，甚至会有郢书燕说之虞。荣格曾经指出："一个符号一旦达到能清晰地解释的程度，其魔力就会消失。"此言极是。作为诗歌所特有的意象性语言，往往是与诗人的某种情绪状态相对应的，它并不具备科学语言所要求的那种高度的透明性；易言之，意象性语言所表现的往往不是某种清晰的思想，而是某种充满活力的"意识团块"。因此，愈是诗的，愈具有抗译的质性；诗，其实就是那些在解析与翻译中"失掉的东西"（即那些粘附在各个意象上的丰富的情感意味）。若昧乎此，仅仅满足于对文本中的典故作刻舟求剑式的实指，便无法感领诗人通过意象整合创生出来的那种"语句下的意味"。从这个意义上说，我一向执着地认定，无论是译诗还是注诗，皆须由一流的大诗人来担承——只有在他们身上，才有着某种带有灵异性质的、充满个人化的神秘心灵体验和某种"灵视"能力——即智性的烛照和悟性的穿透。唯其拥有这一切，才有可能在译诗注诗的过程中尽可能地减少那些被称为"天使的尘埃"的东西的失落。

基于以上认识，在为曼殊诗进行评注时，我所采取的基本方法是：只将"背景分析"（这也是出版社方面的一个硬性要求）作为打开文本的一个途径，在考证文献的基础上，尽可能地发掘那些来自作者生平的"本事"，使其与文本本身产生某种"互文性"，而心力所凝，则在对诗歌文本的艺术赏析与整体阐释（不消说，这一切都必须融合在具体的注释之中）。需要说明的是，我的评注既汲取传统的旧注方法，但又不拘执于此，而是适当采取现代批评的方法，重在诗情、诗心、诗性、诗境的体悟与品鉴。

从本质的意义上说，作为人类灵智活动的高级产物，诗歌是自由精神的产物，是一种将个我从现实层次的羁绊中超拔而出的提升，它并不是一种简单的所谓“始于意格，成于字句”的操作性的结果，而是具有鬼斧神工的奇妙与浑然天成的密致，几乎非人力所为。对诗人来说，这恐怕只有在柏拉图所说的“诸神降临”的幸运时刻才能幸致。在这个将灵思妙悟迹化为艺术文本的过程中，恐怕连诗人本人都会陡生“虽兹物之在我，非余力之所戮”之叹；作为注者，又岂敢谬托作者的“知音”？如果从审美接受的视角看，对同一诗歌文本从来就难以达成绝对的共识（“诗无达诂”）。执是以衡，我认为还是韦勒克、沃伦的见解较为通达可采，他强调道：“一件艺术品的全部意义，是不能仅以其作者和作者的同代人的看法来界定的。它是一个积累的过程的结束，也即历代的无数读者对此作品批评过程的结果。”（《文学理论》）既然如此，那么，在具体的评注中，我们为何不尽量采取比较开放和自由的解诗姿态呢？当然，仅有这种“姿态”是不够的，作为注者，还必须拥有明睿的哲学意识与历史穿透力、艺术化的审美感觉、丰富的人生阅历，甚至情感上的成熟，庶几可达至研究主体与研究对象的“视界融合”。尽管我本人对这种境界一向神往，可由于才有不逮，虑有未周，逞私智而错用心者，在所难免。在此，恳请读者批评指正。

写至此，我忽然想起宋代诗人杨诚斋为米南宫帖所做的一

段跋语：“万里学书最晚，虽遍参诸方，然袖手一瓣香，五十年未敢拈出。” 这是何等令人追慕不已的逸怀雅致，非才华骞举、襟期超旷的大诗人不能道出。至于真正属于我本人的那“一瓣香”，尚在培壅滋养之中，故逮至今日，仍不敢拈出。

丙申荷月邵盈午撰于古彭搴兰簃